Jamais deux sans trois

Anaïs Candido Della Mora

Jamais deux sans trois

Roman

Relecture : Anaïs Candido Della Mora
Correction : Anaïs Candido Della Mora et Elodie Di Fazio

Édition : BoD · Books on Demand, 31 avenue Saint-Rémy, 57600 Forbach, bod@bod.fr
Impression : Libri Plureos GmbH, Friedensallee 273, 22763 Hamburg (Allemagne)

ISBN : 978-2-3226-2254-2
Dépôt légal : Mai 2025

À tous ceux qui accordent une deuxième chance.

Merci.

Prologue

L'air était chaud et sucré, en cette nuit de juillet.

Une jeune femme, portant une longue robe blanche avec des fleurs de la même couleur dans ses cheveux bruns, se déchaînait sur la piste de danse improvisée au milieu d'un pré, comme seule au monde.

De l'autre côté du pré, accoudé à une voiture, un jeune homme ne la quittait pas du regard, une bière fraîche entre les mains. Ses amis riaient et parlaient autour de lui, mais rien n'y faisait, il était hypnotisé.

Elle semblait si libre, comme en-dehors du temps. Elle était belle.

Et bientôt, elle serait sienne.

Il en était convaincu. Lui qui avait un incroyable palmarès féminin malgré son âge, ne doutait pas de ses capacités à faire succomber cette danseuse.

Il devait juste attendre le bon moment.

La nuit était à peine tombée, la fête commençait enfin à être intéressante.

Chapitre 1

Éloïse

Encore un matin sans saveur.

Depuis la mort de maman, quelques mois plus tôt, je n'arrive plus à reprendre goût à la vie. Oui, c'est ça, tout me semble terriblement terne et ça me tue à petit feu. Si elle était encore là, elle me remonterait les bretelles, c'est certain.

Mais elle n'est plus là, donc je me laisse vivre.

Pardon, survivre.

Me lever à 7 heures, avaler un thé, enfiler une tenue confortable, partir au travail et jouer à la secrétaire efficace pour un patron qui passe son temps au bureau au lieu de profiter de sa famille…

Si je m'en inquiétais, je me permettrais de lui dire de rentrer chez lui. De prendre soin de sa femme, qui gère seule leurs trois jeunes enfants, au lieu de se ronger les sangs à organiser des réunions interminables. Que sa société va bien, il a le droit de souffler.

Mais je m'en fiche. Il le réalisera peut-être un jour, tout seul. Avant qu'il ne soit trop tard.

Pendant ma pause déjeuner, alors que tout le monde sort manger à l'ombre des arbres devant la société après un long hiver montagnard, je vais plutôt sur le toit, à l'ombre de la climatisation. Bien moins glamour mais au moins je suis seule et personne ne me parle. Je peux siroter mon sirop grenadine en silence.

Ma quiétude est perturbée ce vendredi par les vibrations de mon téléphone. Un appel. Qui peut bien m'appeler ? Cela doit faire une bonne semaine que je n'ai parlé à personne. Hormis au travail.

L'écran affiche « Camille » et je soupire. Camille est ma sœur. Et pour elle, le deuil est bien moins voyant que le mien. Elle a un petit garçon qui dépend d'elle, elle doit garder le cap. Malgré mon envie de calme, je réponds.

— Salut Cam.

— Bonjour Elo. Je sais que tu ne vas pas bien mais j'ai besoin de toi s'il te plaît. Raph est parti en mission et Lucas me fait la misère. C'est un appel de détresse… Je n'arrive plus à la gérer. Toi, il t'écoute. Je t'en supplie.

Malgré la situation, je ne suis pas sans cœur. Et Lucas est le plus mignon des petits garçons. Du haut de ses 4 ans, il est déjà très fûté et débrouillard. Je retiens un second soupir et accepte de passer le week-end avec eux, pour la soulager un peu. Peut-être même qu'il arrivera à me sortir de ma torpeur.

L'après-midi s'étire en longueur. Non que j'aie hâte de déroger à ma routine, à savoir hiberner chez moi, mais je ressens une pointe de bonheur dans cet océan de tristesse à l'idée de voir mon neveu. S'il entre dans sa phase « je conteste l'autorité », cela implique que ce moment va être intéressant. Bien évidemment, voir ma sœur en baver ne sera pas marrant, mais il me ressemble vraiment beaucoup.

Là où ma sœur suit les règles, je les ai toutes transgressées. Je suis certaine qu'il va suivre mes traces.

Quand arrive 17 heures, j'éteins mon ordinateur et vais prévenir mon patron que je pars. Il est au milieu d'une montagne de papiers. Il a la cinquantaine fringante, cheveux grisonnants et barbe blanche bien taillée, les manches de sa chemise immaculée remontées sur ses avant-bras musclés d'aller à la salle de sport quatre fois par semaine depuis cinq ans. Il me regarde à travers ses lunettes de créateur et me souhaite un bon week-end. Son ton est distrait, il est préoccupé.

— Vous avez besoin de mon aide, peut-être ? proposé-je.

— Non, vous avez fini votre journée. Je vous en demande bien assez comme ça.

— C'est bien pour ça que vous m'avez engagé, et si je peux vous aider…

— Éloïse, filez profiter de votre week-end, ou je vous impose une semaine de repos.

Malgré moi, je souris. Et referme la porte de son bureau. Il a des défauts, mais il est tenace. Je pense que c'est la première qualité des grands patrons. Son entreprise est prospère depuis vingt ans, ce n'est pas anodin. Et je pense que finalement, je ne devrais pas porter de jugement sur lui et sa famille. On a chacun nos vies, et il doit avoir son fonctionnement qui doit convenir à tout le monde.

Quoi qu'il en soit, je passe d'abord chez moi. Je loue un studio en centre-ville depuis dix ans. Je vis au deuxième étage d'un immeuble ancien, rénové avant mon entrée, entre un restaurant et une banque. Vingt-cinq mètres carrés que j'ai aménagés selon mes goûts, à savoir du blanc crème pour les meubles et du bleu nuit avec quelques touches de doré pour la décoration. J'adore mon intérieur. C'est simple, pas trop chargé, à mon image. Et j'ai fais quelques photos de montagne, fruits de mes longues randonnées solitaires, qui se mélangent avec les photos de ma famille sur les murs blancs. Je me sens bien, ici.

Je nourris mon poisson et prends mon sac dans lequel j'ai mis mon pyjama et ma brosse à dents, avant de prendre la route pour aller chez ma sœur.

Je vis dans un village de montagne, à Saint Gervais les Bains, près de Chamonix, en Haute Savoie. Une magnifique et très ancienne station thermale que le maire a fait entièrement rénover, qui est aussi une station de ski. Camille vit dans une grande ville à quarante-cinq minutes de là, à Annecy, ancienne résidence des comtes de Genève. Le trajet me permet de décompresser de ma journée de travail et de mettre mon masque pour passer un week-end « sympa » avec ma famille. J'en ai besoin pour avancer. Et je me suis toujours bien entendue avec ma sœur, qui a cinq ans de moins que moi.

Peut-être est-ce étrange, mais j'ai toujours aimé mon rôle de grande sœur, et ce depuis sa naissance. Il nous arrive de nous disputer, mais ça ne dure jamais longtemps et on est toujours là l'une pour l'autre. Et même si j'ai fait beaucoup de bêtises pendant ma jeunesse, elle a toujours couvert mes arrières et m'a remise dans le droit chemin en douceur, pendant que ma mère levait les yeux au ciel et se faisait un sang d'encre.

J'arrive à Annecy vers 19 heures. La circulation est dense, mais j'adore conduire. Un peu de bonne musique et je suis d'attaque pour conduire pendant des heures. Si la vie n'était pas devenue aussi chère, je serais sur la route tous les week-ends. En plus la Haute-Savoie est une région vraiment incroyable. Je m'accorde, à la place, de longues randonnées en montagne.

Je l'ai fait dans ma jeunesse, rouler dans tous les villages perdus de France les week-ends pour faire des concerts d'artistes inconnus ou des festivals en ne dormant qu'une ou deux heures pour refaire la même chose le week-end suivant. Maintenant j'ai besoin d'au moins huit heures de sommeil pour être un minimum efficace au travail.

Bref. Ma sœur vit dans un quartier calme de la ville, pas très loin du célèbre lac. Elle a atterri ici suite à la mutation de son mari, Raphaël, militaire dans l'armée de terre, après quelques mois à l'étranger. Selon les règles, il a le droit de rester dans la même base pour rester près de sa famille pendant plusieurs années. Cela ne va pas durer, mais vu la situation que nous traversons, c'est une vraie bénédiction.

Dès que la porte s'ouvre, j'entends crier un retentissant « tatie chocolat ! » avant que mes jambes ne soient prises en otage par mon neveu. Et mes lèvres s'étirent en un grand sourire pendant que j'essaie de rentrer dans l'appartement.

Mes zygomatiques sont engourdis de ne plus sourire, je note. Je dois vraiment faire un effort…

— Je suis trop trop trop content que tu sois là, tatie chocolat !

— Moi aussi mon cœur. Tu me laisses rentrer ?

— Oui, je vais te montrer mon nouveau camion !

Je rentre, enlève mes chaussures et pose mon sac dans le salon.

De tous les logements que ma sœur et son mari ont occupés, celui-là est mon préféré. Il est spacieux, lumineux, offre deux chambres plutôt grandes, un salon confortable et une cuisine ouverte. Camille fait toujours en sorte d'en faire un cocon, les meubles dans les tons blancs et gris, les éléments de décoration comme la vaisselle, dans toutes les nuances de vert. Je me sens bien aussi, ici. Je respire mieux quand je les vois.

D'ailleurs ma sœur, petite blonde aux yeux marrons quand je suis brune aux yeux clairs et un peu plus grande, s'affaire dans la cuisine, et je constate que ses traits sont tirés. Elle a les cheveux remontés sur la tête en un chignon flou et porte un jogging trop grand pour elle. Je la regarde mais ne dit rien, et vais chercher deux verres et une bouteille de vin dans le frigo.

— Merci d'être venue, me dit-elle en soupirant.

— T'inquiète.

Je remplis les verres et bois une gorgée avant de la regarder.

— Je sais que je ne vais pas bien, mais je serais toujours là pour toi. Et lui.

Elle sourit et je ressens son soulagement.

— Je m'occupe de lui. Tu gères le repas, tu cuisines bien mieux que moi. On va s'en sortir. Un jour après l'autre.

Je prends mon courage à deux mains et me rends dans la chambre de Lucas.

C'est un vrai capharnaüm. Il y a des jouets et des déguisements partout.

— Mon cœur, avant qu'on ne joue ensemble, il va falloir qu'on range un peu ta chambre. C'est un vrai bazar ! dis-je en riant.

Il rouspète, rechigne et geint, mais avec beaucoup de patience, j'arrive à lui faire ranger sa chambre.

Pendant qu'on range, je l'observe. Il est vraiment trop mignon. Je vois beaucoup de traits caractéristiques de ma sœur. Son nez légèrement retroussé. Sa chevelure blonde. Mais il a les yeux de Raph. Marrons presque noirs. Avec cet éclat au fond des prunelles, cette étincelle de vie. Et sa curiosité insatiable. Nous lui avons offert une encyclopédie pour enfant au dernier Noël, du coup il sait beaucoup de choses sur des sujets variés. À quatre ans. Incroyable.

Le repas se passe bien. Ma sœur est un vrai cordon bleu quand je sais à peine faire cuire des pâtes (sauf toutes les recettes au chocolat, auquel je voue un culte). Lucas fait le spectacle, et je l'en remercie. Il est vraiment dans l'instant présent. Il aime aller à l'école et découvrir le monde qui l'entoure. Il est tellement innocent. Loin des problèmes d'adultes.

Et à 20 heures 30, il est temps d'aller le coucher.

Chapitre 2

Éloïse

Ma sœur s'occupe de ranger la cuisine pendant que je donne son bain et que je m'occupe de coucher mon neveu. Allongés tous les deux dans son petit lit, je finis de lui lire son histoire de super héros en étant la plus calme possible afin qu'il s'endorme paisiblement.

— Tatie chocolat, j'ai une question.

— Une seule alors.

— Mamie te manque ?

Il est beaucoup trop perspicace pour son âge. Et mon cœur se serre à m'en couper le souffle.

— Tous les jours, murmuré-je. Mais comme il est écrit dans ton histoire du soir, les gens qu'on aime ne nous quitte pas vraiment. Alors je suis triste c'est vrai, mais je sais qu'elle est toujours avec moi.

— C'est joli, ce que tu dis. Et puis moi je suis là pour te faire sourire quand tu es triste !

— Exactement. Et ça me suffit. Je t'aime mon petit bonhomme. Fais de beaux rêves.

— Je vais rêver que je suis un super héros pour que plus personne ne soit jamais triste alors.

— Ce serait un super pouvoir. Mais tu sais, si tu es triste quand quelqu'un n'est plus là, c'est que cette personne était importante dans ta vie. Et ça c'est très chouette. Je suis sûre que ton papa te manque par exemple, même s'il est juste dans une autre ville.

— Oh oui ça c'est sûr que papa me manque !

— Encore cinq dodos et il reviendra auprès de ta maman et de toi. En attendant, fais de beaux rêves.

Je lui fais un bisou sur le front, branche sa veilleuse à côté de son lit et éteins la lumière avant de fermer sa porte. Ma sœur m'attend sur le canapé avec son verre de vin à la main.

— C'est beau, ce que tu lui as dit, dit-elle en fixant l'écran de la télévision.

— Ah tu as entendu ? J'espère ne pas avoir dépassé les bornes.

— Non ne t'en fais pas. J'ai un bac +4 mais je ne sais pas comment m'y prendre pour lui dire les choses.

— Il n'est pas bête du tout ton gamin. Parle-lui tout simplement.

— Pourquoi ? Quand il a une tata qui assure.

Je ris doucement, flattée, et bois une gorgée de vin. Elle repose son verre et se love dans son plaid vert. Elle adore les plaids, il y en a partout. Comme les bougies, parfumées ou non.

On regarde une émission de télévision, un concours culinaire. Rien de très innovant mais on n'a pas trop le choix, cette année.

— C'est une phase, tu sais. Pour Lucas.

— J'ai l'impression d'être dépassée et ça me dérange. J'ai l'impression d'être une mauvaise mère.

— Ne dis pas ça ! la réprimandé-je. Tu es une super maman. Il faut simplement que tu tiennes le cap, ça va passer.

— Mais quand ? demande-t-elle, les yeux brillants.

— Je n'en sais rien, avoué-je. Il doit probablement être perturbé par les absences de Raph, les déménagements, la mort de maman et du coup ton état émotionnel…

— On dirait que tu y as réfléchi.

Je garde le silence et observe le vin dans mon verre. Bizarrement, mes yeux commencent à picoter.

— Quoi qu'il en soit, dis-je la gorge serrée, je crois que je le comprends un peu.

Je sens son regard sur moi.

— Il te ressemble beaucoup, tu sais.

Alors que je dormais profondément pour la première fois depuis des lustres, je sens un petit corps chaud dans mon dos. J'ouvre un œil et aperçois une tignasse blonde. Lucas a dû venir dans la nuit. Je l'entoure de mes bras et respire son odeur. Il sent encore le gel douche d'hier soir, à l'amande. C'est apaisant. Dans mon océan de peine, mon cœur se gonfle de bonheur, et j'émerge tranquillement de mon sommeil.

— T'es réveillé depuis longtemps mon cœur ? marmonné-je.

— Oui, dit-il en se tournant vers moi. Maman m'a dit que si je restais calme je pouvais rester avec toi.

— Même si tu m'avais réveillé en jouant de la trompette, je ne t'en aurais pas voulu tu sais.

Un sourire s'épanouit sur son visage.

— On va déjeuner ? proposé-je.

Il se lève d'un bond et cours vers la cuisine. Je suis le mouvement pendant qu'il s'attable, je sors le nécessaire pour le petit-déjeuner, puis m'assois avec lui. Nous passons un moment agréable, calme et tout en confidences.

Ma sœur apparaît dans la cuisine alors que nous rangeons la table.

— Un café ? proposé-je.

Elle acquiesce et s'assoit autour du bar qui sépare la cuisine du salon en couvant sa progéniture du regard qui joue devant la baie vitrée. Elle garde le silence plusieurs minutes, alors que je finis le rangement.

— Tu veux qu'on sorte aujourd'hui ? demandé-je en m'asseyant en face d'elle.

Elle hoche la tête sans répondre.

— Ça va ? insisté-je en lui prenant la main.

Je sens qu'elle ne va pas bien. Peut-être qu'elle veut en parler. Même au fond du trou je peux prêter l'oreille. C'est ma petite sœur. J'attends donc patiemment qu'elle prenne sa décision.

— Pas devant Lucas, murmure-t-elle. Suis-moi.

Je la suis sur le balcon. Le soleil brille dans le ciel bleu d'Annecy. La vue est splendide. Le lac est d'un bleu profond, il y a quelques coureurs courageux qui reprennent le sport en plein air, et la circulation est calme. Ma sœur se penche à la rambarde et prend une grande inspiration avant de se tourner vers moi.

— Entre Raph et moi, c'est compliqué ces derniers temps, commence-t-elle en se triturant les doigts. Il… Il est souvent en mission et je sais que c'est pour notre famille, mais il me manque. C'est dur.

Je vais à côté d'elle et l'entoure de mes bras.

— J'ai cru un instant qu'il te trompait. Si ça avait été le cas, j'aurais pris la route pour lui couper les parties.

Elle pouffe en essuyant une larme au coin de l'œil.

— Je sais que tu en serais capable en plus.

— Oh oui !

Je pose ma tête contre la sienne. Il me semble qu'elle a besoin de réconfort. Du réconfort d'une grande sœur, plus précisément.

— Tous les couples traversent des zones de turbulences. Vous allez vous en sortir. Et puis je pense que tu dois être fatiguée de t'occuper du petit toute seule. Ça ne doit pas aider.

— Oui, tu as raison.

— Alors aujourd'hui, tu t'occupes de toi. Je gère mon neveu adoré. Va chez le coiffeur, faire les magasins ou juste au ciné. Prends soin de toi. Ça va s'arranger. Tout s'arrange toujours.

Elle me regarde avec des yeux pleins d'amour et de reconnaissance, et me remercie tout simplement.

Lucas est plein d'énergie. Infatigable. Après le repas du midi, alors que ma sœur s'est éclipsée discrètement, je l'emmène faire du vélo le long du lac, du côté des pistes aménagées. Il a été exemplaire, ne s'est jamais plaint d'être fatigué et a toujours écouté mes indications. Ensuite, nous avons profité de la douceur de la fin d'après-midi à la terrasse d'un petit café devant une bonne glace (fraise pour lui, vanille pour moi) avant de finir par l'aire de jeux située sur le Pâquier, le long des rives près du centre-ville.

Je suis éreintée. J'adore mon neveu mais je serais contente de le rendre à sa mère ce soir. On se dirige justement vers l'appartement, quand je tourne la tête à gauche avant de traverser. Mon regard se pose sur la jolie blonde assise côté passager de la voiture de luxe qui attend au feu rouge. C'est étrange, on dirait ma sœur… Quand la voiture passe devant nous, plus de doute, c'est bien ma sœur. Mon souffle se bloque dans mes poumons et je suis la voiture des yeux. Il se gare devant l'immeuble et laisse le moteur tourner, le temps que ma sœur en descende, tout sourire. Elle passe côté conducteur, et… je rêve où elle minaude ?! J'hallucine. Ça ne peut pas être elle. Encore ce matin elle était malade d'être loin de son mari. Je me demande juste : pourquoi, du coup ? Lucas, heureusement, n'a rien vu. Il tire sur ma main pour attirer mon attention, mais nous ne traversons pas tout de suite. Je prétexte un appel du travail, et éloigne le petit de la zone maudite. Il se met debout sur un banc pendant que j'imagine une conversation avec mon patron.

En réalité, j'imagine un scénario sordide dans lequel j'étrangle ma sœur puis adopte mon neveu avant de partir en Bretagne pour élever des cochons parce que quitte à être dans la m… autant y aller à deux pieds.

Je m'assure que la voiture est partie, et nous remontons.

Une fois à l'intérieur de l'appartement, j'envoie Lucas se laver et l'accompagne dans la salle de bain, sans un mot pour ma sœur. Elle a pourtant repris du poil de la bête (tu m'étonnes) et est tout sourire. Elle nous rejoint dans la salle de bain et je garde les dents serrées, ne voulant pas cracher mon venin devant le petit. Donc j'attends en rongeant mon frein.

Lucas exulte. Il a passé une super journée et je souris, malgré ma colère. Ma sœur se tourne vers moi, les yeux pleins d'admiration et même un peu d'envie je dirais.

Tant mieux.

Une fois le repas pris et le petit couché, d'ailleurs j'ai laissé Camille s'en charger, je m'installe sur le canapé. Je suis tellement en colère que mes vieux démons me rattrapent, et je sors fumer une cigarette sur le balcon

Chapitre 3

Hypnotisée par les volutes de fumée, je ne l'ai pas entendue sortir à pas feutrés derrière moi.

— Tiens, je croyais que tu avais arrêté.

Je me mords la langue pour ne pas crier, et lâche un juron pas très raffiné.

— Eh bien je pensais que tu étais amoureuse de ton mari, mais je constate que nous avons toutes les deux nos défauts.

— Tu m'expliques ? dit-elle en haussant un sourcil.

— Ne fais pas l'innocente. Je t'ai vu jouer les midinettes avec Monsieur Grosse Voiture, répliqué-je en posant mes poings sur mes hanches.

Elle devient livide, au point de s'assoir sur le bain de soleil derrière elle, les bras ballants. Puis elle se prend la tête entre les mains, et ne me regarde pas.

— Rassure-toi, Lucas n'a rien vu. Il se passe quoi exactement ? C'est qui ce pauvre type ?

Elle laisse passer un moment avant de commencer à parler.

— Il s'appelle Benjamin. C'est un collègue de travail. Ça fait deux ans qu'on se connaît, et il est gentil. Doux et calme. Et il me fait rire. Quand tu m'as proposé de prendre l'après-midi pour moi, je suis allée au cinéma et je suis tombée sur lui par hasard, pour de vrai je t'assure. On est allé boire un verre ensemble. Je n'ai pas vu le temps passer, et… Il m'a ramené dès que j'ai eu ton texto. Mais je te jure sur ma vie que c'est platonique. Mon alliance se voit, je ne lui cache rien. Son amitié me fait

"

du bien. Je n'ai pas beaucoup d'amis, mais lui en est vraiment un, je te jure…

Elle semble sincère. De toute façon, elle ne sait pas mentir. Depuis notre enfance, elle a toujours dit la vérité, quitte à s'attirer des ennuis autant que pour me sortir de la panade.

Je décide de la croire.

— Tu minaudais, Cam.

— Tu viens vraiment de dire ça ? s'exclame-t-elle en ouvrant des yeux ronds.

On rigole et je lui prends la main.

— Je te crois, finis-je par dire.

Elle me sourit, et ma colère s'envole aussi vite qu'elle est venue.

— Je ne pourrais jamais tromper Raph. Je suis dingue de lui. On a un petit garçon ensemble, des tonnes de souvenirs, on est marié. Benjamin n'est pas fait pour moi, Raph, si.

Certaines fois je les envie. Si l'un ne va pas bien, l'autre est là pour le soutenir. À deux on est toujours mieux armés pour faire face aux aléas de la vie, surtout quand c'est une relation saine. Cela me ramène à ma condition de femme célibataire de trente ans. En deuil, et seule.

Je déguste.

— Benjamin serait un homme pour toi, en revanche.

— Stop ! crié-je en me levant. Tu sais ce que je pense des « il serait bien ». Je suis une grande fille, je gère comme je peux. Avoir une relation, alors que je suis en deuil… Ce n'est pas le bon moment.

J'avance au jour le jour, donc les hommes sont très loin dans la liste de priorité.

— Quel discours enflammé ! raille-t-elle. Je ne te dis pas de le rencontrer ce soir, mais dans deux semaines nous organisons une soirée au boulot, pour fêter nos bons résultats. Ça te dit de venir ?

— Une fête. De boulot. Ernie ne va pas apprécier si je m'absente trop souvent.

— C'est un poisson. Je pense qu'il devrait s'en remettre. Trouve une autre excuse, ma vieille.

Je fais la moue. Je n'en ai pas envie, mais l'été arrive et sortir me dépoussièrerait. Peut-être qu'il est temps que je sorte de ma routine et que je remette des touches de couleurs dans mon deuil.

Alors je regarde ma sœur et j'acquiesce, pendant qu'elle se réjouit de sa manœuvre.

Benjamin

Le réveil est laborieux. Le soleil qui filtre à travers les stores me brûle les yeux. Je n'aurais peut-être pas dû accepter ce dernier verre hier soir. Mais je me laisse distraire plutôt facilement par des longues jambes et un joli sourire. Comment elle s'appelle déjà ? Julie ? Non, elle, c'était la semaine dernière. Sophie ? Peut-être. Ou Marie ? A quoi bon retenir son prénom, demain elle sera oubliée car c'en est encore une qui se laisse convaincre par mes belles paroles.

Quand est-ce que j'en rencontrerais une qui me dira « non » ?

Ne vous méprenez pas, j'adore ma vie. Je suis commercial dans une boîte qui vend du matériel de ski à Annecy, et je suis plutôt doué dans mon domaine. Je roule en voiture de luxe, j'ai mon propre appartement dans l'un des quartiers les plus prisés de la ville, je sors tous les week-ends et même en semaine. J'ai voyagé dans les plus beaux pays du monde et ma famille et mes amis sont géniaux… Enfin presque. Je refoule le douloureux souvenir au fond de ma mémoire et me lève pour m'habiller (un jean gris et un t-shirt blanc) avant de me faire couler un café. Pas envie d'être d'humeur morose au travail. La femme me demande si elle peut revenir ce soir.

— Non, pas ce soir, dis-je d'une voix caverneuse. Je dois aller bosser, claque la porte derrière toi en partant. La salle de bain est au bout du couloir à droite, et les capsules de café sont juste à côté de la machine. Rentre bien.

Je fuis mon appartement sans lui laisser le temps de répondre. Elle voulait que je reste et qu'on remette ça ce soir. Mais elle ne signifie rien pour moi. Malheureusement pour elle. Je compatis, parce-que sans m'en rendre compte je peux parfois me comporter comme un porc. Vu l'époque, ce n'est pas très bien joué de ma part, je vous l'accorde. Un jour, je vais me faire casser la figure… Mais je l'aurais cherché.

Peut-être que j'ai besoin de ça, ou que je le cherche.

Mais jusqu'à présent, rien n'y fait, elles se laissent faire.

Bref. Je me gare sur le parking de la boîte, traverse le hall, salue les secrétaires (jamais sur le lieu de travail, c'est l'enfer après. Une fois, pas deux) et fonce dans mon bureau. Je le partage avec Hervé, le doyen qui m'a tout appris sur les produits que je vends et les meilleures techniques de vente. Sa femme, plus jeune que lui, a accouché du deuxième, il est en congé paternité donc je savoure le calme avant la tempête.

Personnellement, les enfants, ce n'est pas ma tasse de thé. Mais bon, ma cousine a eu une petite fille, et la famille c'est toujours différent. Donc si je rencontre la bonne, pourquoi pas.

Je me perds en conjecture, encore une fois. Je vérifie mon agenda, deux rendez-vous seront à honorer dans la journée. Ça devrait vite passer. Et ce soir, rebelotte, je vais boire un verre au bord du lac avec un ami d'enfance. Je passe dans la salle de pause pour prendre un dernier café, histoire de finir de me réveiller, puis direction La Clusaz pour mon premier rendez-vous.

Vers 16 heures, je suis coincé dans les bouchons. J'adore ma ville mais la circulation y est atroce. J'ai bien pensé au vélo, mais se trimballer avec des tonnes de catalogues et des skis n'est pas chose aisée avec un deux roues. Enfin. Je passe devant le cinéma et aperçois Camille, ma collègue de la compta. Jolie brin de femme, 25 ans, mariée, un petit garçon. Si elle ne travaillait pas avec moi je l'aurais remarquée tout de suite. Elle est gentille, qualité rare de nos jours, et j'arrive à rester calme en sa présence. Peut-être que le calme qu'elle dégage me déteint dessus.

Je m'arrête devant elle, mais elle ne m'a pas vu. Elle semble complétement perdue dans ses pensées. J'ouvre la fenêtre et crie son prénom. Elle sursaute et se retourne. Quand elle me voit, un joli sourire s'épanouit sur son visage.

— Salut Ben, ça va ?

Elle est la seule de la boîte à pouvoir m'appeler par mon surnom.

— J'allais au cinéma. Ça te dit ? propose-t-elle.

— J'ai fini ma journée. Je me gare et j'arrive.

Je m'arrêterais au bureau pour déposer mes affaires plus tard. Peut-être même demain matin.

Je suis content qu'elle m'ait proposé de venir avec elle. J'ai des amies, bien sûr. Des jeunes femmes que j'ai vues se marier, vu devenir maman, s'épanouir dans leur travail, traverser la vie. Mais je n'ai pas de lien aussi fort avec elles. Seulement avec Camille. C'est marrant. Mes potes me diraient que je suis débile de me lier avec ce genre de femme, une femme mariée, mais qu'importe. Elle est sympa, cultivée, et efficace dans son travail.

Je la rejoins et on s'installe dans la salle climatisée avec un petit pot de pop-corn salé. Le film n'est pas exceptionnel mais en bonne compagnie, ça passe. On rit devant les scènes cocasses et on échange à voix basse des réactions qu'on aurait pu avoir dans les mêmes situations. À la sortie du film, on va boire un verre dans le petit restaurant à côté du cinéma, mais ce moment est vite écourté quand elle reçoit un message de sa sœur qui lui dit qu'elle rentre, et je lui propose de la ramener. Elle hésite, tergiverse un moment mais finit par accepter.

La circulation est moins dense, et alors que je raconte une blague à ma copilote, le feu passe au rouge et mon regard se pose sur une jeune femme qui attend avec un petit garçon.

Elle est très jolie. Le genre de femme qui est belle mais qui l'ignore. Les plus intéressantes, selon moi. Elles ne passent pas leur temps à se prendre en photos ou à faire du shopping. Elles sont simples et naturelles. Et je vois une lueur dans ses yeux… Que je reconnais.

La tristesse.

Mais là c'est très étrange car elle fixe intensément Camille. Je ne vois pas de jalousie dans son regard, mais la colère lui fait froncer les sourcils. Elle nous suit des yeux, remonte son sac sur l'épaule et colle son téléphone sur l'oreille pendant qu'un petit garçon joue près d'elle sur un banc. Bizarre.

Après avoir déposé Camille, je soupire et rentre chez moi, avant de me changer pour sortir rejoindre Baptiste, mon copain d'enfance.

Assis à la terrasse du café, il est plongé dans son téléphone dernier cri, lunettes de soleil de grande marque sur le nez. Il porte un bermuda bleu et un polo blanc, de grande manufacture aussi. Le soleil se reflète dans ses cheveux châtains, qui bouclent car ils sont un peu longs. Il est très à l'aise, comme si la terrasse lui appartenait.

Il transpire la confiance en lui, ce qui lui vaut des coups d'œil appréciateur de la gent féminine.

Chapitre 4

C'est étrange. D'habitude il ne se gêne pas pour regarder (mater) les passants (passantes). Je vais commander une bière auprès de Marin, le barman. Un gros balèze tatoué du cou aux mollets, mais très sympa quand on reste calme. Autrement dit quand on n'importune pas les dames ou qu'on ne se bat pas. Ce qui ne m'est jamais arrivé.

— T'as passé une bonne journée ? me demande-t-il sans lever le nez de son écran.

— Oui ça allait. J'étais en rendez-vous à la Clusaz et au Grand Bornand. Et toi ?

Il pose son téléphone, enlève ses lunettes de soleil et me regarde, vraiment, avec ses yeux verts. Je sens qu'il va me parler de choses personnelles. Je suis aux aguets.

— Mon pote, j'ai rencontré la femme de ma vie.

Je reste sans voix. Les yeux ronds comme des soucoupes. La seule chose que je fais, c'est lever mon verre en souriant dans sa direction.

— Elle s'appelle comment ?

— Alice. Elle est un peu plus jeune que moi, douce, cultivée, sexy. Je t'ai dit qu'elle était sexy ?

— Je crois que oui, dis-je en riant. Et on la rencontre quand ?

Son sourire se fait moins lumineux. Une ombre passe devant ses yeux. Je sais à quoi il pense. Il est possible qu'à une ou deux reprises, la jeune femme qu'il nous présentait ait fini la soirée avec moi. J'étais jeune et con… Je m'en veux toujours, mais d'un autre côté, je ne les ai pas forcées.

— Je m'excuse encore une fois pour ce qu'il s'est passé, il y a quelques années, dis-je pour essayer de calmer la situation.

— T'inquiète, c'est oublié. Mais elle… C'est chasse gardée.

Le message est clair. De toute façon, plus jamais je ne sympathise avec les copines de mes potes. Les femmes ont leur devise « les copines avant les mecs », désormais c'est ma philosophie de vie également.

On discute une bonne heure avant que la faim ne nous décide à rentrer pour manger.

Je passerais plus tôt au bureau demain. Avec tout ça j'ai oublié d'aller déposer les catalogues et les échantillons de la prochaine collection au bureau.

Ce soir, pas d'autres sorties ni de femmes. Je dois appeler mon père, comme je ne pourrais pas passer ce week-end.

Je prends une bière dans le frigo, m'installe sur le balcon qui m'offre une vue dégagée sur le parc qui se trouve en face de chez moi, et prends une gorgée.

Puis deux.

Puis trois.

Avant de composer le numéro de mon père dans mon portable.

Une sonnerie.

Puis deux.

Puis trois.

— Bonjour, mon fils.

— Bonjour papa.

Sa voix est redevenue normale. Moins de médicaments. Plus de balade en plein air.

Il y a un an, il est allé fêter sa retraite avec ma mère en Italie. A Venise et à Milan. Sur le chemin du retour, ils ont eu un grave accident. Mon père a perdu son pied, écrasé par la colonne de direction, la partie où se trouve le volant. Ma mère y a perdu la vie. Un mois de coma et six mois de dépression pour mon père, après ça. Et je n'ai pas assuré. Mon petit frère, Louis, infirmier, a pris le relais. Il l'a fait admettre dans la clinique où il travaille, à Aix les Bains. Il faisait le lien avec moi, mais au bout de six mois, il a débarqué un soir chez moi en m'engueulant comme jamais. Papa n'allait pas bien, il avait besoin de ses deux fils.

J'ai pris encore quelques jours pour me préparer mentalement, et en attendant j'ai explosé les ventes au travail, à tel point que le grand patron nous a prévu un week-end de fête, dans quelques semaines.

Quand j'ai eu le courage d'aller le voir, je ne l'ai pas reconnu. Lui qui était un bon vivant et avait toujours aimé la vie avait perdu sa flamme intérieure. Il a tellement maigri qu'il flotte dans ses vêtements de sport. Ça m'a fait un choc, même si Louis m'avait prévenu. Mais ces derniers temps, je passe moins souvent car il se reprend en main. Donc quand je ne peux pas me déplacer, je l'appelle, et ça lui va.

Ça nous va à tous les deux.

— T'es sûr de vouloir rentrer à la maison ? voulus-je savoir.

— Oui bien sûr. Je vais mieux, je gère avec la prothèse et j'ai besoin de rentrer chez moi pour y remettre de l'ordre.

Sous-entendu : ranger les affaires de maman. Ils se sont rencontrés à 16 ans sur les bancs de l'école et ne se sont jamais quitté depuis. Ils allaient fêter leurs 40 ans de mariage, 44 de vie commune. Ça en fait, du rangement à faire.

Je ne suis pas encore prêt, personnellement.

— On va attaquer la saison d'hiver, je ne suis pas sûr de pouvoir venir tout de suite.

— Je sais Ben, ne t'en fais pas. Tant que tu n'es pas prêt, ne viens pas. C'est moi qui viendrais te voir, en attendant. Ça me fera du bien de revenir en ville, en plus.

Je pousse un long soupir et bois une nouvelle gorgée de bière. Qui calme un peu la boule d'angoisse qui s'est logée dans mon ventre.

— On s'appelle avant que tu ne sortes de la clinique ? Je peux venir le week-end prochain. On pourra manger avec Louis.

— J'ai hâte. À bientôt.

Je raccroche et passe un long moment à admirer le soleil qui se couche sur Annecy et qui teinte le ciel d'un orange profond. À ressasser les évènements, la façon de je les ai gérés. Mon père ne méritait pas ce que j'ai fait.

Quand j'ai voulu intégrer le meilleur ski-club de la région, voulu passer mon permis moto ou même investir dans la pierre, il m'a toujours soutenu. Mais quand maman est morte, j'étais paralysé par la peur. C'était plus facile de tout oublier au fond d'un verre ou dans les bras d'une femme que de faire face à ma peine et soutenir mon frère. Je ressens tellement de honte et de colère envers moi que j'ai préféré fuir. Peut-être que je vais pouvoir me faire pardonner un jour, mais chaque chose en son temps.

Une amie avisée (Camille), m'a dit que je devais faire de petits pas avant de pouvoir courir, ce qui voudrait dire que je dois d'abord faire mon deuil et me remettre avant de revenir vers ma famille.

Le vendredi suivant, je m'aperçois que mon moral va un peu mieux. Je le sais parce-que j'ai accepté de sortir boire un verre avec deux collègues du service commercial, Aurélie et Juliette. Elles sont plus âgées que moi. La première est maman de deux enfants, la deuxième va se marier l'année prochaine. Autant dire qu'elles vont avoir des choses à dire, et c'est un peu pour ça que j'ai accepté leur invitation. Elles feront le plus gros de la conversation. Pour ma première sortie depuis la mort de maman, je crois que je ne prends pas de risques.

Quelle erreur…

Je me réveille le samedi matin, un marteau piqueur dans la tête. J'ai la nausée et un affreux arrière-goût de tequila dans la bouche. Ceci dit, je suis soulagée d'être dans mon studio, je peux tout faire sans allumer les lumières, tant j'ai mal à la tête. Je tente tant bien que mal de refaire ma soirée avec les filles dans ma tête, pour savoir à quel point la situation est critique. Mais tout d'abord, et malgré le fait que le sol tangue, je vais me servir un grand verre d'eau. Je vais finir déshydratée si j'attends plus longtemps.

Je vais dans la salle de bain pour essayer de me réveiller, en repensant à la soirée. Le problème, c'est que Juliette est une enfant de la vallée, qu'elle connaît tout le monde et que tout le monde la connaît. On s'est fait payer des coups toute la soirée. Je reviens dans la chambre, et constate avec effroi qu'il y a une masse dans mon lit, opposé à mon côté habituel. Là, mon estomac tombe dans mes chaussettes pilou-pilou blanche à paillettes. Serait-il possible que j'ai ramené un inconnu chez moi ? Je fais un début de crise de panique, mon cœur va exploser dans ma poitrine. Qui ai-je pu ramener ? Je me regarde de la tête aux pieds. Je porte ma tenue de la veille, un pantalon noir et une chemise orangée légère. Et plus important : je porte encore ma culotte. C'est un indice de taille qui m'arrache un soupir d'aise. Intriguée, je me dirige vers le lieu du crime sur la pointe des pieds afin de soulever délicatement la couette, et… Respire un grand coup. C'est Juliette.

Je vais me changer, et descends à la boulangerie au coin de la rue pour acheter des viennoiseries.

Quand je remonte, Juliette est dans la salle de bain.

— Salut Juliette. Café, croissant et Doliprane ?

— Bénie sois-tu, ma sœur…

J'étouffe un rire. On s'installe sur la table de ma cuisine microscopique, et j'allume la radio au volume minimum pour ne pas rallumer les marteaux piqueurs dans nos têtes. On attend de finir nos petits-déjeuners avant d'entamer la discussion.

— Je suis contente de voir que tu commences à aller mieux, dit-elle avec un sourire.

Je suis un peu surprise par cette entrée en matière. Je ne sais pas trop quoi répondre.

— Tu sais, j'ai encore la chance d'avoir mes parents mais je compatis infiniment à ta peine. Tu es super courageuse.

Je rougis face à son discours. Je ne me trouve pas très courageuse justement, je survis, tout simplement. Je lui en fais part. ça fait mal, mais je commence à m'habituer à la douleur.

— Quoi qu'il en soit, je suis contente que tu aies accepté de sortir avec nous.

— Et merci à vous de m'avoir proposé !

— À refaire ? tente-t-elle.

— Pas tout de suite, on va attendre que la tequila soit digérée, réponds-je en riant.

— Ça marche. Bon, je vais y aller. Mon chéri m'attend pour manger.

Il faut savoir que son futur mari est cuisinier dans un hôtel cinq étoiles, à Megève, station de ski prisée des gens fortunés. Je meurs de jalousie devant les plats qu'elle ramène au travail, tous les jours.

Je la raccompagne à la porte d'entrée et la salue.

Une fois mon lit refait et un thé aux agrumes bien chaud entre les mains, je m'aperçois que le marteau-piqueur dans ma tête est moins puissant. Je fais un brin de rangement, à savoir refaire mon lit, et ouvre les deux fenêtres de mon studio en grand vu que la circulation dans la rue est calme. Il y a pas mal de nuages dans le ciel mais les températures sont agréables. Je vais sûrement aller marcher un peu.

Mais avant, je dois m'occuper du bocal de mon Ernie. Mon Oscar, puisque c'est sa race.

Chapitre 5

Benjamin

En ce samedi matin, le temps est couvert. Peu importe, j'ai besoin de me dégourdir (encore) les jambes.

Je saute dans un pantalon de sport, enfile un t-shirt et une veste légère (de la marque que je représente bien évidemment) et branche mes écouteurs. La jeune femme qui dort encore dans mon lit sera partie avant mon retour, je ne m'en fais pas. Elle a l'habitude des lieux.

Je mets une playlist parfaite pour la situation : de la techno.

Chacun ses goûts, n'est-ce pas ?

Comme prévu, à mon retour après une course de cinq kilomètres, Marion est partie. Je file sous la douche et prends une grande inspiration devant mon miroir, serviette sur les hanches. C'est aujourd'hui que papa rentre chez lui. Chez nous. Enfin… Il rentre quoi. Je pense toujours que c'est une mauvaise idée. Mais c'est un homme d'expérience, il sait ce qu'il fait.

Quand je pars d'Annecy, il est 9 heures. J'arrive à la clinique d'Aix les bains quarante minutes plus tard. Mon père est dans la salle principale, avec mon frère. Ils remplissent des papiers. Je salue les infirmières qui s'affairent auprès d'autres patients et elles me renvoient des sourires aimables. Puis, arrivé à leur hauteur, salue mon père et mon frère, qui m'invitent à m'assoir avec eux.

— On signe les papiers du retour de papa et le protocole mis en place pour la prothèse, m'informe mon frère.

Je hoche la tête. Ça m'impressionne toujours autant qu'il ait un tel métier. En bien, évidemment. Il a toujours été dans cette optique : aider les gens. Il était donc naturel qu'il se dirige vers le métier d'infirmier. Cela lui va très bien, il est vraiment très doué. Et s'il n'avait pas été là, mon père aurait été tout seul pour traverser cette douloureuse épreuve. Je lui en serais reconnaissant jusqu'à la fin de mes jours.

Une fois les formalités administratives nécessaires signées, on va dans sa chambre pour faire ses valises. On demande à papa de s'assoir, on gère. Sa chambre était bien placée, avec vue sur le parc. Je trouve que c'est un peu moins déprimant que la vue sur le parking. Et même s'il est resté un bon bout de temps, ses affaires tiennent dans deux sacs de sport. En revanche, le matériel de soin pour sa prothèse a besoin de deux sacs cabas supplémentaires. Louis me fait signe que tout est prêt, et je vais devoir prendre une décision. Rapidement. À savoir : ai-je envie de revenir dans notre maison ? Sans ma mère ? À cette pensée, mon cœur s'accélère. Mais si mon père peut le faire, alors que ma mère était l'amour de sa vie, alors je peux aussi fournir cet effort. Pour lui.

— Du coup papa on t'appelle un taxi ? demande Louis, dardant sur moi un drôle de regard.

— Oui bien sûr.

J'ai la bouche sèche. Et je ne reconnais pas ma voix quand je réplique :

— Je vais te ramener.

Mon père est aussi surpris que mon frère. Puis ils se regardent sans rien dire.

— Tu es sûr ? argue mon père. Ben, je ne veux pas que tu te sentes obligé. Je peux rentrer en taxi.

— Non. Si tu peux le faire, je vais y arriver.

Je me détourne, mal à l'aise, et prends les sacs cabas sans un regard pour ce qu'il se passe autour de moi pour rejoindre ma voiture avant de changer d'avis.

— Ça va aller ? demande mon frère.

Je décèle de l'inquiétude dans sa voix. Il cherche mon regard, et je prends une profonde inspiration avant de lui faire face.

— Oui ça va. Je gère.

Il ne dit rien mais je vois qu'il n'en pense pas moins. Ceci dit, il a l'élégance de ne rien dire d'autre. Je n'aurais pas pu tenir cette façade très longtemps.

— Avant de rentrer, on va manger ? propose le patriarche. Je connais un bon restaurant pas très loin.

— Alors allons-y.

Le repas se passe bien. Louis nous raconte ses dernières péripéties amoureuses, qui sont drôles je l'avoue, mais je n'arrive pas à me détendre. Je suis vraiment très stressé. L'idée de rentrer dans la maison de mon enfance me terrifie. Mais j'essaie de me dire que si j'arrive à surmonter ça, je pourrais tout surmonter.

Après le café, on décide de se mettre en route. Le trajet me semble tellement rapide, plus on s'approche de notre village et plus mes mains sont moites. Je me tortille sur mon siège, sous l'œil inquiet de mon paternel. Arrivés dans notre rue, mon souffle se bloque soudainement dans ma gorge et j'arrête la voiture brusquement dans un crissement de pneus. Mon père s'accroche à la poignée de la portière avec un hoquet de surprise, puis le silence règne dans l'habitacle pendant quelques instants. On entend cependant ma respiration saccadée.

Puis je sens une main sur mon bras, et une deuxième sur mon épaule. Je ne sais pas si c'est pour me signifier que je ne suis pas tout seul, que je dois être un homme et faire face à ma peine ou qu'ils ont eu peur. Mais ces gestes, mêlés au silence, me calment peu à peu. Au bout de ce qu'il me semble être une éternité, je reprends pied dans la réalité. Mon souffle se calme, ce qu'ils remarquent, et je remets le contact, mais mon père me stoppe dans mon élan.

— Tu es sûr ?

— Oui papa. Laisse-moi faire.

Il ne dit rien, et je me gare devant notre maison. Elle est sinistre, fermée et sans vie alors que c'est un magnifique chalet de montagne. Cela me donne des frissons. Je sors comme un automate, aide mon père à sortir de la voiture puis vais prendre une partie de ses affaires.

Mon père est soulagé de rentrer. Je le sais car je l'ai vu soupirer avant d'ouvrir la porte. On dépose les sacs dans l'entrée avant d'aller ouvrir les volets et les fenêtres car l'air sent le renfermé. Ni mon frère ni moi ne sommes venus le temps de l'hospitalisation de notre père.

Il ne souhaite pas dormir dans la chambre conjugale, située à l'étage, tout de suite. Il préfère aller dans l'une des deux chambres d'amis du rez-de-chaussée. Il nous dit que c'est plus pratique avec son pied vu qu'il doit monter l'escalier, mais il y a sûrement une autre raison, que je comprends facilement. Puis il entreprend de ranger tout son matériel médical dans la salle de bain située à côté, pour faciliter son quotidien.

Quand il revient dans le salon, il me trouve en train de regarder une photo de ma mère, assis près de la baie vitrée. Ça me fait mal. Elle était si belle… L'ovale parfait de son visage, la joie dans ses yeux verts, même les rides autour de ses yeux sont belles. Elle porte autour de son cou délicat l'émeraude que mon père lui a offert pour leurs trente ans de mariage.

— Ça va mon grand ? murmure-t-il en s'asseyant près de moi.

Je détourne les yeux de la photo et acquiesce.

— Ça va s'arranger, tu sais.

Je garde le silence.

— Quand ? finis-je par lui demander, la gorge nouée.

— Il va te falloir du temps, avoue-t-il en soupirant.

— Tu t'y es habitué, toi ?

— Je dirais que je me suis habitué à son absence. On était ensemble depuis longtemps… ça ne se fait pas du jour au lendemain. J'ai beaucoup de choses à faire depuis que je suis sorti de la dépression même si je suis encore un peu fragile, donc ça m'occupe l'esprit.

Je hoche la tête, pensif.

— Tu as de quoi tenir niveau nourriture ? demandé-je soudain.

— Non, pas du tout. Tu m'emmènerais ?

— Bien sûr.

Ce sera l'occasion de faire une course pour moi aussi. Mon père a envie de marcher un peu, nous sommes donc allés à pied à la supérette du village, qui se trouve à une dizaine de minutes de marche.

Dans les rayons, je suis mon paternel, docile, avec un sac.

Quand, au détour d'un rayon, une jeune femme me rentre dedans. Surpris, j'en lâche le sac, et toutes les courses de mon père s'éparpillent sur le sol dans un bruit d'enfer.

— Oh mon dieu ! s'écrie-t-elle. Tout va bien ? Je suis désolée.

Elle se jette pratiquement par terre pour ramasser les provisions et les remettre dans le sac. Je l'aide en y remettant le jambon et le beurre.

— Ce n'est pas grave, dis-je un peu blasé.

Nos yeux se rencontrent quand elle me tend le sac, et mon souffle se bloque dans ma gorge pour la deuxième fois de la journée. Elle est magnifique, des yeux bleus cristallins, une bouche fine, une peau parfaite rougie par cet évènement, une longue chevelure brune. Je suis hypnotisé. Je reconnais cette lueur dans ses yeux, encore une fois. Serait-ce la jeune femme qui était en bas de l'immeuble de Camille ?

— Voilà votre sac, marmonne-t-elle. Et désolée encore.

— Tout va bien, vraiment. Merci.

Elle me regarde et sors du magasin presque en courant sans avoir réglé ses achats. Si je n'avais pas été cloué sur place après cette rencontre, je lui aurais couru après. Mais je reste là, planté comme un idiot devant le rayon des friandises. Mon père me rejoint, extrêmement amusé par la situation.

— C'est ce qu'on appelle le destin, mon fils.

Je le regarde, sans mot dire.

Éloïse

Je me suis décidée à aller marcher. Je saute dans un jean et enfile un t-shirt noir propre, et attrape mon sac à main avant de sortir. Je chausse mes lunettes de soleil, aveuglée par celui de début d'après-midi. Mais avant d'aller marcher, j'ai une petite envie de sucré à assouvir. Direction donc la supérette du coin, avec l'idée de prendre un petit bout de chocolat et une bouteille d'eau avant d'aller m'installer au parc avec ma dernière lecture.

Plongée dans mes pensées après avoir passé cinq bonnes minutes à hésiter entre le chocolat noir ou celui au lait avec des noisettes (pour finir par prendre le chocolat au lait avec des noisettes), j'allais sortir du rayon quand je suis rentrée dans quelqu'un…

Chapitre 6

D'abord surprise, j'ai ensuite vu le sac de courses par terre. Je me suis mise à rougir en me confondant en excuses, puis en me jetant littéralement à ses pieds afin de tout ramasser. Il s'accroupit aussi afin d'y ranger les derniers articles qui sont au sol.

C'est à ce moment que je croise son regard. Un regard qui m'a cloué sur place. Des yeux chocolat, mystérieux et captivants. Je lui tends son sac, et constate que je suis retournée par cette rencontre fortuite…

Je pose la tablette de chocolat au milieu des boîtes de conserve et sors presque en courant. Du moins je marche très vite. Je préfère me dire que je suis essoufflée à cause de l'effort plutôt qu'à cause de ce jeune homme. Je ne peux pas ressentir ce genre d'émotion alors que j'ai enterré ma mère il n'y a pas longtemps…

Je panique, alors j'appelle la seule personne à qui j'ai envie de raconter cet évènement pour avoir des conseils : ma sœur.

— Allô ? chantonne-t-elle au bout du fil.

— Camille, j'ai besoin de ton aide.

— Eh bien, en quoi puis-je t'aider ?

Ce que j'aime chez ma sœur, c'est qu'elle garde son calme en toute circonstance.

— J'étais à la supérette, j'achetais une tablette de chocolat post-cuite, je suis rentrée dans quelqu'un, oui un homme, et je panique.

Dit à haute voix, ça semble complètement ridicule.

— Je t'ordonne d'aller à la gendarmerie et de te dénoncer, ironise-t-elle.

— Cam, ce n'est pas drôle ! Je suis traumatisée !

Elle doit sentir au son de ma voix que je prends ça à cœur puisqu'elle retrouve son sérieux.

— Il est blessé ?

— Non, mais…

— Tu t'es blessée ?

— Non pas du tout, mais…

— Vous vous êtes regardés et tu paniques *pour ça* ?

— Oui ! m'écrié-je.

Il y a un blanc au téléphone. Elle sait que je suis sensible à cette situation. La dernière fois, ça ne s'est pas bien fini.

— Elo, je suis là. Reprends ton souffle, je ne t'entends pas respirer correctement. Garde à l'esprit que tous les hommes ne sont pas Max. C'était juste une petite collision fortuite, ce mec tu ne le reverras probablement jamais.

— Sauf s'il vit ici.

— Oui effectivement, mais dans le pire des cas, il se passera quoi ? Je suis sûre que tu vas surmonter tout ça.

Je pourrais argumenter que non, je ne sais plus faire avec les hommes. Que je préfère largement rester seule avec mon poisson. Lui au moins ne risque pas de s'en aller avec la première femme venue.

Mais je la laisse faire, et essaie de me remettre les idées en place seule.

— Ça va mieux ? demande-t-elle doucement.

— Oui.

— Alors je retourne avec mes hommes. On se voit toujours le week-end prochain ?

— Oui madame. Et Cam ?

— Oui ?

— Merci beaucoup.

— De rien. Je t'aime.

On raccroche et je décide de rentrer chez moi. Je suis trop bouleversée pour aller marcher.

Une fois à l'abri dans mon cocon, je recherche ma boîte à souvenirs, une petite malle en vieux bois que je garde en-dessous de mon lit, remplie de tous mes souvenirs d'adolescence. J'ai besoin de me refaire du mal pour décider de quoi faire. Quoi ressentir.

J'étais en dernière année de lycée quand j'ai croisé la route de Max. Le beau gosse du bahut. Grand, brun, yeux clairs, ultra populaire. Très sportif, et toujours des meilleures fêtes qui soient.

Le pire pervers narcissique qui m'ait été donné de rencontrer.

Il a accepté de sortir avec moi car j'étais très amoureuse de lui. Je le mettais sur un piédestal. Mais il me traitait mal, draguait d'autres filles devant moi, me trainait dans la boue quand il était de mauvaise humeur ou en colère.

Pourtant, je lui trouvais des excuses pour chacun de ses actes odieux. Je pardonnais tout.

Un jour, alors qu'il m'avait fait subir une énième humiliation parce qu'il avait perdu son match de basket, Camille s'est interposée et il a levé la main sur nous. Son poing a atterri à côté de mon visage, dans le mur, m'éraflant la joue. Je n'ai jamais vu ma petite sœur en colère, mais là, elle l'a pris par le col de son pull et l'a fichu dehors. Sans ménagement. Et même si elle faisait une tête de moins que lui. J'étais paralysée, choquée, le souffle coincé dans la gorge. Je ne me souviens plus de grand-chose après puisque ma mère m'a gardé à la maison pendant une semaine, le temps que je me remette. J'ai fini par demander à aller passer le bac chez mon père qui vivait à Marseille (mes parents avaient divorcé quelques années auparavant), que j'ai eu avec mention, et j'ai passé l'été là-bas. Suite à tout ça j'ai fait une dépression nerveuse. C'était plus un gros chagrin d'amour qu'une réelle dépression, mais la différence est ténue quand on est adolescent. Le soleil et la présence de mon père qui m'a appris à pêcher et à conduire, m'ont fait du bien.

Et un jour, j'ai décidé que ça suffisait. Il m'avait fait assez de mal. Je suis retournée en Haute-Savoie chez ma mère, ma sœur m'a redonné goût aux plaisirs simples de la vie, et j'ai guéri.

Depuis, je me tiens aux relations courtes. Une semaine grand maximum, le temps de prendre un peu de bon temps et je mets fin à l'histoire. J'ai travaillé pendant trois hivers et deux étés dans la station de ski de Saint Gervais après l'obtention de mon bac, et il faut savoir que ce sont de vraies agences de rencontres. J'ai été courtisée par quelques collègues, quelques moniteurs de ski et même des restaurateurs. Mais j'ai toujours refusé qu'on me voit avec un collègue. Ça fait beaucoup trop d'histoire et ça ternit l'ambiance de travail. Du coup, je me tournais vers… Les touristes. Anglais, allemands, espagnols, et d'un point de vue complètement subjectif, les plus sympas sont les allemands, les plus fêtards les espagnols, et les meilleurs au lit… Les suédois. Je n'aurais jamais cru ça, mais si vous en rencontrez un dans votre vie, ne réfléchissez pas trop. Ce sont de merveilleux amants.

Bref. Ensuite j'ai trouvé mon poste de secrétaire et depuis neuf ans je coule des jours heureux, célibataire. Depuis la naissance de Lucas, cependant, j'ai une source inépuisable d'amour, et je suis vraiment heureuse comme ça.

Je referme la boîte à souvenirs et constate le chemin parcouru. Puis décide d'enfiler une veste. Finalement, je vais la faire, cette balade au grand air.

La semaine a filé à une allure folle. Même pas le temps de me rendre compte de quoi que ce soit que nous étions déjà vendredi.

Je rentre dans mon bureau pour y déposer mes papiers, et qu'elle ne fut pas ma surprise de découvrir Marion assise à mon bureau. Vêtue d'une jupe verte et d'un haut blanc, elle est plutôt jolie, et son bronzage est impeccable, tout comme ses cheveux, blonds et lisses, de même pour son maquillage. Tout est parfait, en fait.

Il n'y a que son caractère qui est détestable.

— Tiens, tu es encore vivant ! me dit-elle en guise de salut.

— Bonjour Marion. Oui, je suis encore vivant.

Je dépose les dossiers et mon ordinateur sur le bureau, et m'assois face à elle.

— Que puis-je pour toi ? voulus-je savoir.

Pas d'agressivité, mais je suis agacé de cette surveillance.

— Tu n'as donné de signe de vie à personne depuis deux semaines. On t'a appelé, envoyé des messages mais pas de réponse. Comme les copains savent ce qu'il y a entre nous, j'ai été désignée comme messagère pour prendre de tes nouvelles.

— J'ai eu une semaine de dingue, ici. On prépare la saison d'hiver et c'est assez intense. Je vais leur répondre tout de suite, comme ça tout sera en ordre.

Je joins le geste à la parole, en sortant mon portable. Effectivement, pas mal de messages sans réponse de ma part. Mais c'est un peu extrême de m'envoyer cette jeune femme au bureau. Jeune femme qui d'ailleurs se lève et s'assoit sur mon bureau, en face de moi, sur mes dossiers. Je lève les yeux vers elle, suspicieux. Une lueur lubrique passe dans ses yeux quand elle écarte un peu les jambes, me laissant entrevoir sa petite culotte rouge et elle sourit.

— T'es partant pour le faire maintenant et tout de suite ?

J'hallucine. Elle serait devenue folle ? J'ouvre des yeux ronds, et je m'installe plus confortablement dans mon fauteuil, croisant les jambes.

— Je ne crois pas, non, réponds-je d'une voix dure. Je travaille ici. Je n'ai pas du tout envie d'être viré à cause de toi et de tes idées stupides.

Elle lève les mains en signe de reddition.

— T'es vraiment pas drôle, dit-elle en boudant.

Je ne réponds pas, préférant finir de répondre aux messages de mes potes. Puis je range mon téléphone dans ma poche de pantalon. Constatant que je suis de mauvaise humeur, elle se lève et va prendre sa veste, qu'elle avait pendu au dossier de ma chaise, et part sans un mot.

Plus tard, je reçois un message de sa part : « Plus la peine de m'appeler quand tu auras envie de tirer ton coup. Je mérite mieux que ce que tu m'offres. Ciao »

Je l'ai bien cherché. Mais bizarrement, ça ne me touche pas plus que ça. Marion est une gentille fille, mais nous n'avons pas plus d'atomes crochus que ça.

Je ne sais pas d'où ça sort, mais mon cerveau me rejoue la scène de la supérette. Peut-être que je la croiserais à nouveau au village…

Chapitre 7

C'est mon père qui va être content. Si je passe plus de temps là-bas pour l'aider, ça me fera plus de chances de la recroiser. Sauf si c'est une touriste. Mais je préfère rester positif, on va dire que c'est une locale, comme on dit ici. De par la vie que j'ai passée ici, je connais beaucoup de monde. Au moins de vue. Mais elle, je ne l'ai jamais vue… Elle semble un peu plus âgée que moi, mais j'ai déjà croisé au moins une fois les enfants d'ici. Elle ne me dit rien, je vais donc devoir mener mon enquête.

Je rentre chez moi, un peu distrait par la scène avec Marion et le souvenir de mon inconnue. Quand j'aperçois Baptiste, devant mon immeuble. Un grognement m'échappe. Ils se sont tous donné le mot ou quoi ? J'ai répondu à tous les messages, j'ai même passé du temps par téléphone avec d'autres, le temps du trajet pour rentrer. C'est qu'il ne faudrait pas pousser le bouchon non plus. J'aime bien la solitude, de temps en temps.

— Salut mon pote, lancé-je en lui serrant la main.

— Partant pour un petit verre ?

— Oui bien sûr. Laisse-moi me changer vite fait et j'arrive.

Finalement, il m'accompagne jusqu'à mon appartement. Je file sous la douche, enfile un jean et un t-shirt noir, attrape mon portefeuille et enfile mes baskets.

— On y va ? proposé-je.

On va dans notre bar au bord du lac, et on commande deux bières. Mon portable vibre dans ma poche. Encore des messages de mes amis. J'en ai vaguement marre, donc je le laisse au chaud dans ma poche.

— Alors, tout va bien ? veut-il savoir.

— Oui. J'ai aidé mon père à se réinstaller chez lui. Je pense que je vais remonter plus souvent. Il a besoin d'aide, même s'il a quelqu'un qui passe tous les jours.

— C'est génial ça !

Je me rends compte qu'il est distrait. Je le vois bien à travers mes lunettes de soleil.

— Allez vas-y, dis-moi ce qu'il se passe, lancé-je.

— Mec, je me suis fait virer.

— Quoi ? répliqué-je, abasourdi. Mais pourquoi ?

— Tu te souviens de la femme sur qui j'ai flashé, Alice ?

— Oui bien sûr.

— Il s'avère que c'était la fille du patron.

— Oh.

— Et qu'elle était en stage.

— D'accord.

— Et qu'elle a 17 ans…

Je deviens blême. Je sais à quoi s'expose un homme majeur qui s'entiche d'une mineure. Qui plus est, la fille du patron.

Je lâche un juron.

— Elle m'avait dit avoir 20 ans et avoir décroché un CDD. Mais mon patron ne m'a pas cru et m'a viré à grand renfort de menace. Je suis dans le pétrin…

— Donne-moi ton CV. Je vais essayer de te faire rentrer dans ma boîte.

— T'es un vrai ami ! Merci. La prochaine tournée est pour moi.

— Garde tes sous, objecté-je. Je ne te garantis rien et t'as un loyer à payer.

Il rit jaune mais acquiesce quand même.

Éloïse

Je suis face à un dilemme devant ma penderie. Comment je m'habille pour la soirée de travail de ma sœur ? Je décide de l'appeler en visio pour lui demander son avis.

— Fais-moi un défilé, dit-elle en décrochant.

J'enfile une première robe, noire, longueur au-dessus du genou, type cache-cœur. Je la vois grimacer.

— C'est une soirée festive frangine, pas un enterrement. Change-toi.

Au moins, elle est directe.

La suivante est jaune pastel, un peu plus courte, bustier.

— Non. Suivante.

— Mais…

— Suivante, j'ai dit !

La suivante est verte. Manches longues et tissu très léger. Je la vois se cacher les yeux de désespoir… J'essaie de ne pas me vexer.

Il m'en reste une. Je l'enfile mais je ne suis pas sûre de moi.

Elle ouvre de grands yeux et la bouche, aussi.

— Mais t'es sublime ! Ramène tes fesses ici avec celle-là et tes jolies baskets blanches. Je gère le reste.

Une fois mon sac bouclé, je donne à manger à Ernie, ferme les fenêtres, attrape mon sac à main et me mets derrière le volant, direction Annecy.

Quarante-cinq minutes plus tard, je toque à la porte de l'appartement de ma sœur. C'est Raph qui m'ouvre. Il est très élégant dans son ensemble beige en lin. Je comprends pourquoi ma sœur a craqué pour lui au lycée. Raph est à peine plus grand que ma sœur, brun aux yeux noisette, et très musclé, grâce à son métier. Il a un charme certain et il traite ma sœur comme une reine. Huit ans qu'ils sont ensemble, quatre de mariage, et le petit a été conçu pendant leur voyage de noces. Elle fait les choses dans l'ordre, elle, au moins.

En attendant ladite jeune femme, on se pose dans le salon avec Lucas, qui joue avec ses camions.

Elle apparaît quelques instants plus tard, dans une très jolie robe rouge à fleurs blanches, longue, type empire. Peu maquillée et avec une tresse lâche, elle est canon.

— Ce n'est pas sûr que je te laisse sortir ma chérie, s'exclame Raph avec des étoiles dans les yeux.

Elle rit, gênée.

— Tu m'as vu avec cette robe des millions de fois.

— Mais tu es toujours aussi belle.

Elle lui envoie un baiser du bout des lèvres et se tourne vers moi.

— Bon toi, ramène-toi dans la salle de bain, on va te transformer en princesse.

— Tatie est déjà très belle, s'étonne Lucas.

— Oh mon petit chat… Je t'aime toi, dis-je en l'embrassant sur le haut du crâne. Juste pour ce soir, je vais faire plaisir à ta maman. Elle va me maquiller.

Il ouvre de grands yeux.

— Alors j'ai hâte de voir le résultat !

On rit tous et je précède ma sœur dans la salle de bain. Elle fait virevolter ses pinceaux sur mon visage. J'avoue que je ne me maquille que très peu, un peu de fond de teint et un peu de mascara. Camille maîtrise bien mieux les codes de la beauté, et vingt minutes plus tard, elle dépose une couronne de fleurs sur mes cheveux bouclés et regarde le résultat, satisfaite. Je regarde mon reflet dans le miroir, et reste sans voix. Je me trouve… Jolie ?!

— On peut ressembler à ça, quand on sait se maquiller ? m'exclamé-je.

— La base est sympa aussi, dit-elle avec un clin d'œil.

On se regarde dans la glace et je souris malgré moi.

— Merci, soufflé-je.

On retourne dans le salon et les hommes me regardent, un sourire aux lèvres. Raph émet un sifflement satisfait, Lucas ouvre grand la bouche.

— Dis donc mais j'ai du souci à me faire ! lance Raph. Je comptais sur toi pour éloigner les hommes mais quand je vous vois, vous allez les attirer comme des mouches autour du miel !

— Je te rassure mon amour : toute la boîte sait que je suis une femme mariée heureuse et une maman comblée ! C'est elle qui va avoir des ennuis, dit-elle en riant et en me désignant.

Je rougis jusqu'à la racine des cheveux.

— Si ça fait trop… murmuré-je en baissant les yeux sur ma tenue.

— Elo, stop, m'ordonne ma sœur. Tu es parfaite. Je suis heureuse de te voir aussi mise en valeur. Tu es jolie et on fait la fête ce soir, alors profites-en !

— Oui, je te taquinais un peu mais gentiment, ajoute Raph, un peu penaud.

Je garde le silence. Puis je prends ma veste en jean, mon sac à main et enfile mes chaussures, en silence, avant de changer d'avis. Cam donne ses dernières instructions à Raph pour le coucher du petit, et on prend la route, direction le lieu de la fête.

Benjamin

Je sais que cette fête est possible en partie grâce à moi. Je n'avais pas prévu que cela donne ce résultat, mais c'est plutôt agréable de voir tous les collègues souriants et détendus.

Le patron a mis les petits plats dans les grands : il a loué une grande salle des fêtes en-dehors de la ville, à l'écart des habitations pour pouvoir faire un peu de bruit sans embêter personne.

Il y a même un grand champ où une sono sera installée si la météo le permet. C'est incroyable.

Quand j'arrive, je rejoins Hervé et sa femme pour les féliciter, et on discute un long moment pendant que son aîné joue avec d'autres enfants et que le deuxième dort paisiblement dans sa poussette. Puis je rejoins le bar. Une petite bière me fera du bien. J'ai emmené Baptiste, qui essaie de se faire remarquer auprès de mon patron afin de se faire embaucher. Même si je sais que c'est peine perdue... Une fois hors du bureau, Monsieur Dubois enlève sa casquette de patron. Quoi qu'il en soit, j'ai dit à mon ami de l'approcher avec un air affable et professionnel, car je sais qu'il est capable de soulever des montagnes quand il le veut. Je le guette d'un œil distrait pour surveiller que la situation n'aille pas trop loin, mais j'ai l'impression qu'il s'en sort bien.

Quand il me rejoint au bar, il a le sourire.

— Ton patron est un chic type, m'annonce-t-il.

— Voilà pourquoi je prends ce travail au sérieux. Et Baptiste, je sais que t'es un mec raisonnable, c'est un peu pour ça que je me porte garant pour toi, mais s'il te plaît, si ça marche, sois vraiment sérieux. Pas touche aux femmes de la boîte.

Il lève la main droite et ne sourit plus.

— J'ai appris la leçon, promis. Et je donnerais mon maximum si je suis pris.

Je lève mon verre et on trinque tous les deux.

Je repère ensuite la piste de danse, qui sera la zone à éviter pour cette soirée. Même pour regarder les danseurs.

Chapitre 8

Même si certaines sont bien apprêtées, je ne me ferais pas avoir. Ce soir, je serais sérieux. Mais… Je reste un homme. Donc le sérieux sera jusqu'à un certain point. Disons la cinquième bière. J'ai bien profité de la vie et des plaisirs de la chair, à presque vingt-six ans.

Avec Baptiste, on rejoint Paul, le gars de la sécurité. C'est un métisse pas très grand mais tout en muscles. Il est flanqué de Maya, son pitbull femelle tout blanc. Je ne comprends pas leur réputation de chiens méchants. Celle-là est d'une indifférence à toute épreuve, qui ne réclame que des caresses. Paul n'attend d'elle que des grognements dissuasifs, et encore, c'est quand elle a envie.

On rentre au moment où le patron termine son discours, et sans trop comprendre comment, je me retrouve dans la lumière avec mon patron qui m'enserre l'épaule.

— C'est grâce à lui, Benjamin, ce jeune commercial que j'ai vu évoluer de loin, que cette soirée a été organisée. Je tenais vraiment à te remercier. Grâce à toi, j'ai compris que tout était possible avec du travail et de la rigueur. Mais toute la boîte est incroyable, chaque personne qui la compose me rend fier d'être à la tête de tout cela. Toutes les personnes donnent le meilleur d'elles-mêmes et ça me touche. Maintenant, on arrête de parler, et on profite de la soirée !

Une vague de verres se lève et un retentissant « santé ! » fait trembler le sol. Puis la musique est lancée, ce qui signifie que la soirée peut commencer.

On arrive dans une sorte de salle des fêtes, joliment décorée en blanc. De la table aux décorations en passant par les fleurs.

Je tire sur ma robe en maudissant ma sœur.

— Arrête donc de martyriser ta robe, me dit-elle avec un regard noir.

— Justement ! Je préfèrerais l'enlever !

— Quoi ?!

— Regarde autour de toi ! Tout est en blanc ! C'est trop la honte.

Elle lève les yeux au ciel.

— Pourquoi ça tombe sur moi… se lamente-t-elle. Laquelle de nous s'y connaît en mode et en déco ?

— Toi.

— Alors crois-moi quand je te dis que ce n'est pas une faute de goût. Et d'autres sont en blanc. Tout va bien.

Je suis dubitative mais effectivement, il y a d'autres qui sont en blanc. L'été semble une saison propice à cette couleur, apparemment.

Je pousse un profond soupir et essaie de me détendre. Pour Cam.

Elle m'entraîne ensuite voir ses collègues de la compta. Une femme sans âge prénommée Geneviève, calme et douce, habillée d'un ensemble lilas, une quarantenaire célibataire endurcie appelée Nathalie, dans une tenue classique jean et t-shirt noir, et une toute nouvelle diplômée, Lana. Cette dernière est une magnifique asiatique qui fait tourner beaucoup de têtes sur son passage. Elle les ignore superbement. Vêtue d'une jolie robe bustier bleu nuit toute simple et d'escarpins transparents, elle s'efface parmi ses collègues plus âgées. Je décide de faire sa connaissance, étant donné que l'on a des tempéraments qui se ressemblent, pendant que ma sœur joue les lèches-bottes avec Geneviève, la chef de service, pour avoir un jour supplémentaire de télétravail.

Comme si c'était le moment.

Mais bon, passons.

Lana est coréenne. Arrivée en France après son premier anniversaire, elle a été adoptée par un couple qui n'arrivait pas à avoir d'enfant. Elle vient d'obtenir son master de comptabilité après une alternance dans cette entreprise. Le patron vient de lui faire une proposition d'emploi mais elle aimerait d'abord aller en Corée pour retrouver ses racines.

Sinon, elle adore le comté et la peinture. Je ne les affectionne pas particulièrement, mais je n'émets jamais de jugement sur les goûts des autres. Elle est très douce, et se cache pour rire, c'est charmant. Elle me donne son pseudo sur les réseaux sociaux, car elle fait des photos de mode, et je suis absolument éblouie par cette beauté. Je jette un coup d'œil à ses pages et doit me retenir d'aimer chaque post qu'elle a fait. Tout est absolument parfait.

Arrive ensuite le moment du discours du patron. Il remercie un certain Benjamin, grâce à qui cette soirée a été organisée. Quand ledit Benjamin arrive aux côtés du patron, mon cœur s'arrête. Je sens tout le sang quitter mon visage.

— Elo ça va ? me demande-t-elle. T'es toute blanche !

— C'est lui, murmuré-je.

— Lui qui de quoi ?

— Le mec à côté de ton patron, ce Benjamin. C'est le mec de la supérette.

Elle me regarde, puis regarde Benjamin. Et revient sur moi.

— Benjamin. C'est Monsieur Grosse Voiture, aussi. Mon ami.

On reste toutes les deux interdites une seconde, puis elle part en fou rire silencieux pendant que je rougis jusqu'aux oreilles.

— Je veux partir d'ici, annoncé-je en essayant de me lever.

— Il en est hors de question, réplique-t-elle en m'attrapant le bras et perdant son sourire. Tu n'as qu'à l'éviter si tu veux, mais on reste. Et puis de toute façon c'est moi qui aie les clés.

Je me renfrogne. Elle a raison.

Et puis c'est vrai, je n'aurais qu'à l'éviter. Facile, vu le nombre de personnes présentes !

Après avoir levé nos verres, le repas est servi. En entrée, des crudités parfaitement assaisonnées. Toutes les assiettes sont vides. J'ai les yeux partout pour voir si le fameux Benjamin n'aura pas l'idée saugrenue de venir saluer ma sœur.

Pour l'instant, rien à signaler. Je note qu'il sort souvent mais qu'il est aussi souvent arrêté dans son élan par de nombreuses personnes qui le remercient, je suppose. Vu que c'est grâce à ses performances au sein de leur entreprise que cette soirée est organisée.

S'ensuit le plat de résistance. Au choix, poulet croustillant et linguines au pesto, ou saumon en papillote avec du riz basmati. Je prends le poulet, ma sœur le saumon, et on échange quelques bouchées pour goûter. C'est très bien cuit et très bien épicé.

— Ça y est, tu as baissé la garde ? demande-t-elle.

— Quand la nourriture est bonne, je ne peux qu'être détendue, répliqué-je en lui tirant la langue.

Au même moment, je le vois du coin de l'œil qui approche.

— Je reviens.

Et je file à l'anglaise. Je vois que ma sœur est d'abord interloquée avant de comprendre, et un grand sourire s'affiche sur son visage quand elle l'aperçoit. J'enlève ma couronne de fleurs, la glisse dans mon sac, et sors pour prendre l'air quelques instants. Même si on est en plein été, l'air est un peu frais et je frissonne.

— Bonsoir, fait une voix masculine qui me fait sursauter.

Ce jeune homme qui me regarde est plus jeune que moi, j'en suis sûre. Assez grand, châtain aux yeux verts, petite barbe bien taillée, vêtu d'un t-shirt gris et d'un jean clair. Pas du tout mon style, mais il a l'air gentil.

— Excusez-moi si je vous ai fait peur. Je m'appelle Baptiste. Vous travaillez avec eux ?

— Non, j'accompagne ma petite sœur. Elle est comptable ici. Je m'appelle Éloïse.

— Enchanté. Vous fumez ?

Pendant une seconde, je pense à ces quelques mois sans fumer. J'ai arrêté après le décès de ma mère. Je m'en sors vraiment bien, ce serait bête de recommencer maintenant… Et en même temps, cela fait bien longtemps que je n'avais pas aussi bien mangé. Une petite cigarette ne fera rien.

— Oui, merci.

Il me tend aussi un briquet et je l'allume. La brûlure de la fumée dans ma gorge me rappelle de merveilleux souvenirs liés à la cigarette, à toutes les sensations que je pouvais ressentir. J'avais la cigarette sociale : je fumais pour approcher les gens. Et j'ai rencontré des gens géniaux grâce à cela. Ma vie d'avant me manque un peu… Même si mon corps se porte mieux depuis que j'ai arrêté, je regrette un peu cet aspect de ma vie sociale. C'est beaucoup plus difficile de discuter avec des nouvelles personnes quand on ne fume pas.

Je vois bien que c'est totalement intéressé pour Baptiste, mais tant que je contrôle la situation, ça ne dérapera pas car de mon côté je suis là pour ma sœur, pas pour rencontrer quelqu'un. Après avoir écrasé ma cigarette, je mets un terme à notre échange avec courtoisie, prétextant devoir rejoindre Cam.

Je guette notre table et n'y vois pas Benjamin, je retourne donc à côté d'elle en me faufilant discrètement.

— Dis donc tu pourrais quand même te présenter à Benjamin, me réprimande-t-elle. On s'est aperçu que vous ne vous êtes jamais rencontré et pourtant ça fait deux ans qu'on se côtoie, c'est trop bizarre !

— Non, il me rappelle trop Max. Il est commercial donc charmeur et sûr de lui, populaire et sportif.

— Je te le répète : tous les hommes ne sont pas Max. Et Benjamin est vraiment sympa. Bois un verre et ne stresse plus.

Elle joint le geste à la parole et remplit mon verre de vin.

J'ai alors un déclic.

Au pire, je le rencontre. Et ensuite ? Ma sœur l'adore, et si elle se fie à lui, je devrais avoir une bonne opinion de lui aussi.

On fait tinter nos verres en souriant, et on boit.

Benjamin

J'ai repéré Camille dans la foule, à la table des comptables. C'est dommage de ne pas avoir mélangé les services, ça aurait été une bonne chose. Mais je suis content d'être à la table de Hervé, avec qui je ris de bon cœur à chacune de ses blagues pas drôles.

Bref. Je mange le plat avec gourmandise. Le poulet est mon aliment favori. Je pourrais en manger tous les jours.

Je prétexte vouloir recharger mon verre au bar pour aller saluer Camille, et au moment où je m'approche une jeune femme se lève pour sortir, en hâte. J'en profite pour prendre la place vacante.

— Je trouve enfin un moment pour venir te voir !

— Dis donc ! La star de la soirée se souvient de sa vieille amie, ironise-t-elle.

— Haha très drôle. Je m'en serais bien passé, vois-tu.

— Mais non, c'est bien d'avoir de la reconnaissance pour son travail. D'autant plus quand les chiffres sont aussi bons.

Elle me sourit gentiment.

— C'est gentil, mais je n'étais pas tout seul. C'est un travail d'équipe.

On fait tinter nos verres et on boit une gorgée. Moi de l'eau, elle du vin. Je crois me souvenir qu'elle apprécie un verre de temps en temps.

— Tu conduis ? voulus-je savoir, un peu soucieux.

— Non monsieur. Je garde juste les clés, sinon on serait rentrées il y a un moment déjà.

— Pourquoi ?

Elle me regarde, puis regarde la porte d'entrée. Je suis son regard mais n'y vois personne. Son regard croise le mien, et j'ai l'impression qu'un débat a lieu dans sa tête pour savoir si elle doit me dire quelque chose ou pas.

— Raph garde Lucas. Je suis là avec ma sœur. C'est sa deuxième soirée depuis la mort de maman et elle est hyper mal à l'aise dans la foule.

Je ne sais pas si c'est la vraie raison, mais je décide d'être indulgent et de ne pas chercher plus loin.

Puis je réalise que je n'ai jamais vu sa sœur, pourtant cela fait deux ans qu'on travaille ensemble.

Je lui fais part de ma réflexion.

— Mais oui t'as raison ! s'écrie-t-elle. On va remédier à ça, dès que possible. Et je vais te dire, ça va être super intéressant.

— Intéressant ? Pourquoi ?

— Parce-que tu l'as déjà rencontré, dit-elle avec un sourire de conspiratrice.

Je reste interdit un instant. Puis quelqu'un crie mon nom quelque part à proximité de la table de mon patron, et je ne peux pas refuser l'invitation.

— Je reviens dès que possible pour éclaircir cette histoire. C'est une promesse.

Elle sourit.

Chapitre 9

Éloïse

Le fromage arrive. Je passe mon tour et glisse mon assiette vers Cam et Lana, qui lorgnent toutes deux avec gourmandise les bouts sur mon assiette.

Et enfin le dessert. À ce stade, je suis légèrement dans le coton, un peu ivre. Le fondant au chocolat est un véritable chef d'œuvre. Je ferme les yeux et savoure. Lana me regarde avec curiosité.

— Amélie Nothomb dit que le chocolat est la nourriture des dieux.

— C'est surtout une mine de calories. En tant que mannequin, c'est un aliment interdit.

— Alors ça en fait plus pour moi ! répliqué-je en riant.

Elle est drôle sans s'en rendre compte. Mais ne pas manger de chocolat est un comportement étrange, de mon point de vue. Enfin, avoir la force de refuser du chocolat, plus exactement. C'est comme quelqu'un qui resterait de marbre devant des chatons. Impensable.

À ce moment, quelqu'un vient à notre table et nous prévient que puisque la météo est clémente, la sono a été déplacée dehors. Ma sœur me regarde, me fait un grand sourire et prend ma main pour m'entraîner dehors.

— Attends ! m'écrié-je. Je ne suis pas assez pompette pour aller danser maintenant.

Je vide mon verre d'un trait et je la laisse me traîner dehors. Le DJ diffuse quelques remix de chansons des années quatre-vingt assez pêchus, parfait pour commencer à s'échauffer.

Le vin me monte doucement à la tête, ce qui me permet de commencer à me lâcher. En plus, je ne suis personne ici, je ne fais qu'accompagner ma petite sœur et je ne fais que danser à peu près en rythme donc Cam ne risque pas d'avoir honte.

À un moment, elle me remet la couronne de fleurs sur la tête et quand je rouvre les yeux, les stroboscopes illuminent la piste de danse et toutes les personnes se confondent. Il ne reste que des corps qui bougent à peu près en cadence.

Et c'est beau.

Benjamin

Après une énième personne qui me remercie, j'ai besoin de souffler.

Je n'en peux plus.

Ce n'est pas moi qui suis le seul responsable des bons résultats de l'entreprise. Je prends sur moi mais j'ai besoin d'air. Rejoindre Paul me fera du bien. Baptiste me suit, et on s'isole à l'angle du bâtiment.

— Si quelqu'un me félicite encore, je crois que je pleure, annoncé-je à mes comparses.

— Beaucoup de gens seraient contents, à ta place, lance Baptiste.

— Mais je n'étais pas le seul, il faut arrêter, vraiment.

— Bon d'accord. Une bière ?

— Non, je conduis. Je prendrais de l'eau pétillante.

— Dieu que tu es sage. Viens, on se rapproche de la piste de danse.

Je le suis à contre-cœur. Je m'étais promis de ne pas approcher de cette partie de la salle. Le DJ n'est pas exceptionnel, mais ça passe. Il diffuse des remix des chansons des années quatre-vingt, c'est un peu rythmé, agréable à mes oreilles. Ils ont installé des stroboscopes, c'est un peu psychédélique.

Finalement, je me laisse tenter par une dernière bière, qu'on boit avec Baptiste et Hervé, perchés sur la voiture de ce dernier.

C'est là que je la vois.

Elle a une couronne de fleurs dans les cheveux et une robe blanche. Elle a les yeux fermés quand elle danse, parfaitement synchronisée avec le rythme de la musique.

Insouciante, libre et belle.

Camille la couve des yeux, au cas où. C'est vrai qu'il y a des hommes un peu éméchés autour d'elles. Pas des dangers, mais je les surveille aussi.

Baptiste me parle mais je l'écoute à peine. Je l'observe, elle. Je suis un peu trop loin, mais je devine. J'avoue que c'est un peu grisant. Je suis hypnotisé. Du mouvement dans mon champ de vision me ramène au moment présent. Baptiste se dirige vers elle, et une envie soudaine de la protéger me saisit. Je ne la connais pas et Camille la surveille, d'où ça sort du coup ?

Enfin, Camille était censée la surveiller. Où est-elle passé ? Je la vois qui aide la stagiaire de la compta, qui apparemment a eu trop chaud. Je reporte mon attention vers la belle inconnue, qui doit être la sœur de Camille, et vois Baptiste tenter de danser avec elle. Elle est complétement indifférente à ses avances. Je l'adore, c'est mon ami, mais c'est un vrai abruti avec les femmes. Elle lui dit clairement « non », je le vois de là où je suis. Une fois, deux fois, puis trois fois.

Je pose ma bière et me dirige vers eux, guidé par la colère.

C'est agréable de lâcher prise. Le vin aide, et la fraîcheur de la nuit me fait du bien. Les basses traversent mon corps, et je profite de l'instant présent. En plus je sais que Cam veille sur moi, alors je me laisse aller. Les chansons s'enchaînent, et à un moment ma sœur me fait signe que Lana a besoin de faire une pause. Elle l'accompagne pour boire un coup, et me laisse seule. Un peu plus tard, je sens une présence dans mon dos. La présence essaie de danser avec moi, et en tournant la tête je reconnais le type avec qui j'ai fumé une cigarette plus tôt dans la soirée, Baptiste.

Je le savais.

Je lui fais face et lui dit clairement que je souhaite danser seule, mais il insiste… Je ne comprendrais jamais cette manie de faire du forcing. Ce n'est pas compliqué pourtant, un « non » est un « non ». Pour une fois que c'est facile, en plus.

C'est à ce moment qu'*il* débarque et s'interpose. Le fameux Benjamin. Je sens son parfum, une marque de luxe, qui envahit mes narines. Il sent bon. C'est agréable, un homme qui sent bon. Une odeur boisée, discrète et qui ne dégoûte pas. Enfin un qui a compris qu'on n'a pas besoin de se noyer dans la bouteille pour sentir bon.

Je ne vois que l'arrière de sa tête, il a les cheveux bruns coupé ras, et l'entends clairement malgré la musique. Une voix incroyablement sensuelle, qui me provoque des frissons. De ce que j'arrive à comprendre, ils sont amis et il essaie de faire entendre raison à celui qui m'importunait. Ce dernier s'éloigne finalement de nous, de mauvaise humeur.

Puis Benjamin me fait face, et il me fait le même effet que dans la supérette. Mon souffle se bloque dans ma gorge. Je suis happée par ses yeux. Le temps se suspend quelques secondes. Même la musique me semble moins forte quand il me parle. Il s'approche pourtant un peu de moi, et je sens son souffle qui me caresse la joue.

— Désolé pour ça. Ce n'est pas une excuse mais il a bu. D'habitude il est respectueux avec les femmes.

Je me reprends en un instant, et feins l'indifférence.

— J'ai besoin d'un verre, de toute façon.

Et je le laisse planté là, au milieu de la piste de danse. Encore troublée par cet échange, je vais voir ma sœur, qui est assise avec Lana à notre table. Je me sers un verre d'eau, que je finis cul sec.

— Tu passes une bonne soirée ? me demande Lana.

— Oui, quand le gros lourdaud qui sert d'ami à ton Benjamin ne m'importune pas quand je danse.

Camille ouvre de grands yeux.

— Heureusement qu'il est intervenu, ajouté-je pour la calmer.

— Ben ? s'écrie-t-elle.

— Oui.

Un ange passe et je sens leurs regards sur moi. Lana ne sait pas toute l'histoire mais nous observe, visiblement intriguée par ce qui se déroule sous ses yeux.

— Quoi ? demandé-je.

— Rien ! Mais il est gentil, n'est-ce pas ?

— Oui Cam, il est gentil mais je resterais loin quand même.

— Ce que tu es têtue ma parole… C'est frustrant !

Je lève les yeux au ciel. Non, je ne suis pas têtue. Je n'ai juste plus envie de m'investir pour que le résultat soit le même : à la fin, je serais seule. Le portable de Cam se met à sonner sur la table, et quand elle voit le nom de son mari sur l'écran, elle décroche sans hésiter. Je la vois devenir livide, et elle se lève soudainement pour courir vers la porte.

— Cam ?! m'écrié-je.

— Je dois y aller, Lucas est à l'hôpital !

— Quoi ?

— Il est tombé du lit tête la première et s'est ouvert l'arcade.

— Attends j'arrive !

Où est passé mon sac ? Je le cherche frénétiquement. C'est Lana qui me le tend, en alerte.

Elle croise Ben et lui parle quelques instants avant de filer comme une tornade.

Je suis en pétard et abasourdie qu'elle m'ait laissé ici en plan. Je fais comment pour rentrer ? On est à trente minutes de son appartement en voiture. Et Lana qui n'a pas le permis… ça s'annonce mal.

Ben vient à ma rencontre.

— Camille m'a dit pour son fils, dit-il d'une voix tranquille. Et m'a demandé de te ramener, si ça te dit.

Je tremble de rage. Il cherche mon regard, mais je le fuis.

— Éloïse, tu veux que je t'y emmène ? insiste-t-il.

— Non. Oui. Peut-être.

Je n'arrive pas à réfléchir, surtout sous son regard. Et surtout quand il dit mon prénom. Il a une voix qui résonne dans tout mon corps.

Mais je me résigne à le regarder.

— Elle m'a vraiment laissé toute seule ici ? demandé-je d'une petite voix.

— Non, dit-il en secouant la tête. Elle m'a dit de voir avec toi si tu veux y aller.

— C'est une blague ? m'écrié-je.

— Non mais ça ne me dérange pas du tout. Et si ça me permet de partir plus tôt d'ici, crois-moi, c'est avec plaisir. En plus, c'est pour aider Camille, la cerise sur le gâteau. On y va ?

Je hoche la tête, prends mon sac à main et ma veste, et le suis en silence. Sa voiture de luxe n'est pas très loin. Je ne salue personne en repartant, sauf Lana, et apparemment lui aussi se fait la malle discrètement, car on s'engouffre en même temps dans l'habitacle. Je ressasse la soirée en silence mais je sens qu'il a envie de parler.

Pourvu qu'il ne dise pas de banalités…

Chapitre 10

Benjamin

Elle m'intimide un peu. Beaucoup. Et la situation dans laquelle Camille m'a mis ne m'aide en aucune façon. J'essaie de trouver quelque chose à dire, d'un peu intelligent, mais rien ne vient. Alors le silence s'installe. Je sens qu'elle est en colère mais surtout inquiète pour son neveu, et je ne sais pas quoi dire pour l'apaiser un peu. Je ne la connais pas…

L'apaiser… Pourquoi j'ai pensé à ce mot ? On n'est pas amis. Mais elle est la sœur de mon amie. Est-ce une obligation de la mettre à l'aise ? De devenir son ami aussi ? Louis a des amis que je ne peux pas voir en peinture. Et même en peinture ils me donnent de l'urticaire tellement nos caractères sont aux antipodes.

Pour autant, elle m'attire plus qu'elle ne me révulse, la jeune femme assise à côté de moi.

— Elle t'a dit ce qui se passe ? J'essaie de l'appeler mais je tombe sur sa messagerie, dit-elle avec humeur.

— Elle m'a envoyé un message. Lucas doit rester sous surveillance cette nuit. Pour le fait qu'il soit tombé sur la tête.

Je la vois qui se ratatine sur son siège.

— Il est solide, ton neveu. C'est impressionnant mais ça va aller, tenté-je.

— Je sais mais je suis inquiète.

— C'est normal.

Elle ne poursuit pas la discussion et se tourne vers la fenêtre.

Je ne suis pas un spécialiste en psychologie féminine, mais je sais quand je dois garder le silence.

C'est à ce moment que ma voiture fait un bruit bizarre, et un voyant rouge s'allume sur le tableau de bord.

— Tiens, c'est nouveau ça, marmonné-je.

— Ne me dis pas que c'est une panne…

La voiture ralentit et on s'arrête au bord de la route.

— Je suis vraiment désolé, c'est la première fois que ça arrive.

— Ne t'en fais pas, au point où j'en suis…

Je détache ma ceinture, sors avec le gilet jaune et vais mettre le triangle à quelques mètres de la voiture. Ensuite j'appelle l'assurance pour le dépannage. Quand je reviens à la voiture, je la vois assise dans le champ d'à côté. La lune éclaire sa robe blanche, tout est calme, je pourrais presque prendre une photographie de cet instant. J'hésite à aller la voir mais elle a le droit de savoir.

— La dépanneuse est en route, dis-je d'une voix un peu forte, sans m'approcher.

— Très bien, répond-elle sans tourner la tête.

Je décide finalement de m'approcher un peu. J'en ressens le besoin physique. Attiré comme un aimant. De nouveau, le silence s'installe entre nous. Je la vois pianoter sur son écran.

— Tu discutes avec Camille ?

Elle hoche la tête.

— Des nouvelles de Lucas ?

— Il dort. Il est branché à milles machines… Bon j'exagère, juste une pour son rythme cardiaque, mais c'est flippant pour eux. Et elle pense que tu as fait exprès de tomber en panne et elle va te faire la peau si je n'arrive pas en un morceau, dit-elle en souriant.

Elle a un très joli sourire. C'est charmant, et mon cœur bat un peu plus vite dans ma poitrine. Heureusement que la nuit nous entoure. Elle ne peut pas voir le trouble qu'elle provoque en moi.

— C'est bien un lac devant nous ? demande-t-elle.

— Euh… oui, c'est le lac d'Annecy.

— Désolée, j'ai un peu bu… Et j'ai chaud. Je vais me tremper les pieds. Tu m'appelles quand la dépanneuse est là ?

— Pas de problème.

Elle s'avance vers le lac. Je l'observe depuis mon perchoir sans aucune gêne. Je la trouve vraiment belle, avec ses cheveux bouclés qui flottent autour d'elle, sa robe blanche qu'elle remonte un peu sur ses chevilles.

Si on ajoute cette espèce de lien qui va au-delà du physique… La lueur de tristesse que j'ai vu dans ces yeux, et que je reconnais car j'ai la même. Elle porte la même douleur que moi. Mais elle essaie d'aller mieux, comme moi, en grande partie pour son entourage. Et c'est *ça* qui m'attire vers elle. Je voudrais savoir comment elle fait. Je veux y arriver, moi aussi.

Je deviens ridicule. C'est quoi mon problème ?

Pour autant, je ne parviens pas à détacher mes yeux de sa silhouette.

Je reçois un message du dépanneur m'indiquant son arrivée dans trente minutes. J'ai donc le temps de faire un peu connaissance. Je descends vers la rive pour la rejoindre.

— Je viens d'avoir des nouvelles du dépanneur. Il arrive dans une trentaine de minutes.

— D'accord.

— Tu as pu te rafraîchir un peu ?

— L'eau est glacée, m'avoue-t-elle en riant. Je n'ai pu y mettre que les doigts de pieds.

Son rire est joli à mes oreilles. Et j'ai une sensation bizarre dans le ventre. Pas comme si je n'avais pas digéré le repas, mais comme si… C'est carrément mon corps qui réagit à son rire.

— Tu veux te réchauffer dans la voiture ? proposé-je.

— Non ça va aller, merci, dit-elle en se plantant devant moi. Parle-moi un peu de toi. Tu viens d'où ?

— Un petit village à côté de Chamonix.

Elle me regarde avec des yeux ronds. Je crois qu'elle fait le lien que j'ai déjà compris.

— Si tu me dis Saint Gervais… Si tu me dis que c'était toi à la supérette l'autre jour… Je saute dans le lac.

— Je viens de Saint Gervais en effet. Et oui c'était bien moi à la supérette. Mais ne saute pas dans le lac !

— Bon. Et quel âge as-tu ?

— Je viens de fêter mes vingt-six hivers.

Je vois dans ses yeux qu'elle érige une barrière invisible entre nous. Elle est plus âgée, je le sais, car Camille m'en a parlé.

Je viens de me faire *friendzoner*. Mais je n'ai pas dit mon dernier mot. Je le sens, ce lien, entre nous.

— Je ne t'ai jamais vue dans le village, continué-je. Et pourtant j'en connais, du monde.

— Oui moi non plus, mais je suis partie dans une autre école de la vallée quand mes parents ont divorcé, quand j'avais six ans. Quand j'ai eu huit ans, ma mère n'arrivait plus à vivre à Saint Gervais, on est donc descendues, avec Cam, dans la vallée, et j'ai fait ma rentrée au CE2 dans une nouvelle école.

— Mais tu aurais fait du ski à Saint Gervais quand tu étais plus jeune, à tout hasard ?

Elle me regarde bizarrement.

— Euh… Oui. Même quand on est descendues dans la vallée, je vivais avec ma mère et le mercredi on allait au centre aéré. Bien évidemment en hiver on allait sur les pistes à Saint Gervais.

— Tu te souviens des noms des moniteurs que tu as eu ?

Elle réfléchit quelques instants.

— Un moniteur adorable m'a marqué par sa passion du ski et sa gentillesse. Philippe, c'est possible ?

J'éclate de rire.

— C'est mon père ! Et le seul de la station qui s'appelle comme ça, donc pas de confusion possible.

Elle ouvre de grands yeux.

— J'hallucine… Mais maintenant que j'y pense, quand je fouille dans mes souvenirs, je crois apercevoir son visage et tu lui ressembles beaucoup. Mais c'est bizarre qu'on ne se soit jamais rencontré, tu ne trouves pas ?

— Eh bien, finalement, pas tant… On a quatre ans de différence, on n'a pas le même niveau de ski car j'ai fait de la compétition assez tôt, tu n'étais plus dans le village pendant notre scolarité… Il y a pleins de raisons.

— Oui, vu comme ça. Ton papa va bien ?

J'hésite une seconde. Oh et après tout…

— Il se remet d'un grave accident de voiture.

— Je suis désolée de l'apprendre.

Un ange passe. J'observe le reflet de la lune sur le lac, et je remarque qu'elle se tortille les doigts quand je lui lance un regard.

— Tu ne pouvais pas savoir.

— Je vais avoir du mal à rebondir après ça, murmure-t-elle.

— Je ne peux pas t'en tenir rigueur. Tu ne savais pas, insisté-je.

Je ne sais pas ce qui me pousse à rajouter…

— J'ai perdu ma mère dans cet accident.

— Je suis désolée…

Elle pose sa main sur mon bras en signe de compassion. J'aimerais bien qu'elle laisse sa main là. Elle a la main douce et chaude.

Je la regarde. Elle me regarde.

— J'ai perdu ma mère aussi. D'une crise cardiaque, l'année dernière.

— Je suis désolé. Camille m'en a parlé et je te présente mes condoléances, mais l'accident a eu lieu à cette même époque. Je devais m'occuper de mon père.

— Je comprends. Et merci.

On se regarde de nouveau, et une larme roule sur sa joue. J'aimerais la rattraper du bout des doigts, mais des phares nous éclairent soudain, et elle l'essuie elle-même.

Quel mauvais timing.

Chapitre 11

La dépanneuse arrive au bon moment. J'essuie rapidement la larme qui s'était échappée de mes yeux et on se lève comme deux gamins pris sur le fait. J'ai donc le temps de me ressaisir.

On remonte le champ en silence pour rejoindre le véhicule de dépannage. Benjamin salue le jeune homme et je les laisse s'occuper de tout ce qui est technique. Ils m'invitent à m'assoir dans la dépanneuse et en les attendant, je sors mon téléphone pour essayer d'appeler Cam, mais elle ne décroche toujours pas.

J'en ai assez de cette situation. Mon neveu adoré est à l'hôpital et moi je flirte.

Je flirte ?

Je suis vraiment une tante en carton… Mais si ma sœur m'avait attendu dix petites secondes au lieu de partir comme une furie, on n'en serait pas là non plus.

Je lui envoie quand même un message pour la tenir au courant de ma situation. Le pire ? Je ne sais pas ce que je vais faire. Je vais sûrement devoir les attendre dans ma voiture, devant chez eux ou encore mieux, devant l'hôpital car les horaires de visite sont terminés. Je ne peux pas importuner Benjamin. On se connaît depuis deux minutes… Au pire, je prendrais une chambre d'hôtel.

Ils me font sursauter quand les portières s'ouvrent et qu'ils grimpent dedans.

— Il semble que ce soit la batterie qui ait lâché, me prévient Benjamin.

— Ce n'est pas trop grave, alors.

Il hoche la tête, et je garde le silence le temps du trajet. Je regarde le paysage défiler par la fenêtre. J'aime vraiment beaucoup le monde de nuit. Tout est tellement différent.

Lui bavarde avec le dépanneur. Sa voix me berce et mon esprit part dans tous les sens.

Quelques instants plus tard, on arrive au garage. Benjamin me propose de l'attendre dans la voiture de location le temps qu'il règle les papiers, ce que j'accepte sans discuter.

J'essaie d'appeler Cam, qui finit par décrocher.

— Tu te rends compte qu'il est une heure du matin ?! dit-elle, furieuse, en chuchotant.

— Si seulement tu m'avais attendu aussi !

— Bon, dit-elle en soupirant. Jusque là rien à signaler, Lucas dort paisiblement. Il ne vomit pas et son arcade commence à dégonfler.

Je respire un peu mieux maintenant.

— Benjamin s'occupe bien de toi ?

— S'occupe bien de moi… ? On est tombé en panne sur une route paumée, là je l'attends pendant qu'il s'occupe des papiers avec le dépanneur, et après tu veux que je te dise ? C'est un gros point d'interrogation.

— Pourquoi ?

— *Tu* as les clés de votre appartement.

Un silence tombe entre nous.

— Mince… Passez à l'hôpital et je te donnerais les clés.

— Ne t'inquiète pas pour moi. Je gère.

Je vois Benjamin sortir du bureau du coin de l'œil. Il est vraiment beau, en vrai. Même s'il est plus jeune que moi. C'est un détail qui ne me tracasserait pas outre mesure si je devais envisager quelque chose de plus, mais il est l'ami de ma petite sœur. Rien n'est envisageable. Et même si je le trouve agréable à regarder dans son jean bleu délavé qui met ses fesses en valeur et sa chemise blanche qui flatte son bronzage, et ses cheveux brun coupés courts, et sa barbe de trois jours…

Non mais je pense à quoi, là ?

Il grimpe dans la voiture avec aisance. Je suis sûre que c'est typiquement masculin. Je me tape régulièrement la tête dans le montant de la porte.

— On y va ? propose-t-il.

— On se voit demain, dis-je à ma sœur en montrant le téléphone. Essayez de dormir un peu et je viens demain avec le petit-déjeuner.

— T'es la meilleure. Bonne nuit à toi aussi ! Et pas de bêtises, hein.

Je raccroche et rencontre le regard de Benjamin dans l'obscurité.

— Lucas dort. Il a l'air de bien s'en sortir. Ils restent tous les trois là-bas cette nuit et ils pourront sortir demain matin.

— C'est super. Je suis soulagé ! Je t'emmène chez Camille du coup ?

Je suis terriblement gênée, tout à coup.

— Eh bien… Je n'ai pas les clés. Mais ce n'est pas grave, je patienterais dans ma voiture.

— Non. Tu viens chez moi. Je te déposerais demain matin dès que les visites seront autorisées avec le petit-déjeuner.

— Non Benjamin, ça me gêne…

— Ça ne me dérange pas.

— Moi si. Je ne veux pas que tu te sentes obligé.

— Arrête. C'est décidé. Et puis si je ne t'accueille pas, Cam va me faire la peau.

Je suis trop fatiguée pour répondre, je rends donc les armes, et nous nous dirigeons vers son appartement, dans un quartier prisé d'Annecy.

Benjamin

Je suis un peu nerveux. J'ai déjà reçu des amies chez moi, des femmes d'une nuit, mais la grande sœur d'une amie c'est une première. Surtout s'il ne se passe rien.

Je suis un homme, mais je sais me tenir. Ça devrait bien se passer, n'est-ce pas ?

Arrivés chez moi, elle hésite, je le sens. Mais c'est une option non-négociable. Je connais Camille, si je ne l'avais pas fait elle m'aurait tué. On prend l'ascenseur et puis…

Je ne sais pas à quel moment exactement c'est parti en vrille. On s'est regardé, et j'ai senti ses lèvres sur les miennes et ses mains chaudes autour de mon cou. Puis son souffle s'est accéléré et j'ai suivi le mouvement. Elle est toute menue entre mes bras. Elle sent bon. Et elle embrasse très bien.

La sonnerie de l'ascenseur nous indique qu'on est arrivé à mon étage. Elle ne me lâche pas pour autant et je la guide jusqu'à ma porte. Une fois dans mon appartement, elle interrompt notre échange.

— Je suis vraiment désolée, murmure-t-elle, à bout de souffle.

— Ne t'excuse pas, c'était très bien ! Si tu veux qu'on continue…

Elle sourit et se cache le visage.

— C'est charmant, quand tu fais ça, dis-je en lui prenant la main.

J'ai envie qu'elle m'embrasse à nouveau. C'est étrange. Et quand elle me regarde comme ça…

— Je te jure que c'est la première fois que j'agis comme ça.

— Et ? On est au 21éme siècle. Tu fais bien ce que tu veux avec ton corps. Et je ne te force pas, on est d'accord ?

— On est d'accord.

J'embrasse la paume de sa main, que je n'avais pas lâchée, et elle ouvre un peu plus les yeux. Puis je remonte son bras, et sens son souffle s'accélérer. J'arrive à son épaule, et je la vois hésiter une seconde. Juste une seconde, et elle approche son visage du mien pour m'embrasser du bout des lèvres.

Je vais la dévorer. Elle a réveillé mon appétit.

Sa robe tombe au sol. Ma chemise la rejoint, puis mon pantalon. On commence sur le canapé, ça continue dans la cuisine et ça finit en apothéose dans la chambre.

Deux heures.

Ça a duré deux heures.

J'ose penser que je suis un partenaire qui tient la route, et là j'avais juste envie de lui faire plaisir, sans penser au mien. C'est l'une des premières fois que ça m'arrive. Quand elle a fini par monter sur moi, la voir lâcher prise m'a fait décoller. Elle est magnifique, les yeux fermés, la bouche entrouverte, les cheveux en bataille, totalement détendue sur moi. Et je sens ce lien entre nous un peu plus fort.

Une fois notre affaire rondement menée, il y a un moment de flottement. À la lueur de ma lampe de chevet, elle ramasse ses affaires et hésite. C'est toujours un peu délicat, quand on se demande quoi faire après l'amour. Surtout quand on ne se connait pas vraiment.

— Viens avec moi, dis-je d'une voix enrouée.

Je me cale sur mon coude après avoir déplié le drap à côté de moi.

— Je vais aller me poser sur ton canapé.

— Éloïse, viens te coucher ici. Sur mon lit. À côté de moi.

Elle suspend son geste, elle remettait ses sous-vêtements, et se mord la lèvre. Au bout de quelques instants, elle se glisse à côté de moi.

— Non mais c'est trop bizarre en fait, marmonne-t-elle après quelques instants en voulant se lever.

— C'est quoi le problème ? demandé-je d'une voix calme en la retenant par le bras.

— Ça fait dix ans que je dors seule, c'est… bizarre de dormir à côté de toi.

Je replie mon bras pour le caler derrière ma tête.

— Dix ans ? m'étonné-je.

— Dix ans de célibat. Enfin j'ai eu quelques histoires, ne te méprends pas, mais oui, dix ans sans relations sérieuses.

— Je n'ai jamais eu d'histoires sérieuses.

Je vois la surprise dans ses yeux. Mais curieusement pas de jugement.

— D'accord, dit-elle simplement. Par choix ?

— Disons que je préfère rester seul qu'être mal accompagné.

— C'est une raison qui t'appartient.

Ça surprend toujours un peu les gens quand j'en parle. Là où mes parents ont vécu une histoire d'amour romantique, où Louis nous a présenté quelques-unes de ses petites amies, je préfère garder ça pour moi. Je suis quasiment sûr qu'elle doit penser que je suis un coureur de jupons. En vrai, j'en suis un. La vraie raison c'est que même si j'enchaîne les conquêtes, aucune n'a cherché à me connaître. Vraiment. Alors on couche ensemble, on dort, elles repartent. Ça s'arrête là.

Mais la femme qui se tient à mes côtés me pose des questions. J'ai envie que ça se passe mieux qu'avec les autres. J'ai aussi envie de la connaître.

C'est surprenant et agréable.

— Aucune des femmes que j'ai rencontrées n'a cherché à me connaître, ajouté-je donc. Alors c'est vite vu.

— C'est un peu triste je trouve.

— Pourquoi donc ? Les deux parties sont d'accord avec ça.

— Mais tu es plus que… *ça*, dit-elle en me montrant. Enfin je trouve.

Curieusement, ça me fait plaisir qu'elle pense ça. Ça me flatte. Mais ça me gêne aussi, un peu. On ne se connaît pas.

Quoique…

Chapitre 12

Éloïse

Je n'ai jamais agi de la sorte. Même en fréquentant quelqu'un. Je suis un peu rebelle, j'aime transgresser les règles, comme je l'ai déjà confié. J'ai déjà fait l'amour dans des endroits insolites. Mais sauter sur un quasi inconnu dans un ascenseur… Après dix ans de célibat et quasiment sept mois d'abstinence…

Quand je repense à ce qu'il a fait avec sa langue… Les endroits qu'il a mordus et qui ont décuplé mon plaisir… Je rougis et serre un peu les cuisses. Il est jeune mais nom d'un épi de maïs, il sait ce qu'il fait.

Je me réveille un peu avant le réveil qu'on a programmé pour aller à l'hôpital. Il dort comme une souche à côté de moi, sur le dos et il ronfle légèrement, le bras replié sous l'oreiller, le drap posé sur son corps musclé, les traits détendus. C'est mignon. Il est mignon. Je ne sais pas trop ce que je ressens, mais je suis incroyablement bien dans mes baskets, après la nuit que j'ai vécue.

Le deuil est en train de perdre du terrain. Et j'ai un peu peur, de confier mon bien-être à quelqu'un d'autre que moi.

Je me rhabille et trouve un bout de papier dans sa cuisine, dans le fameux tiroir fourre-tout que tout le monde a, sur lequel je griffonne que je suis partie retrouver ma famille à l'hôpital.

Après un instant de réflexion, je décide ne pas ajouter mon numéro de téléphone.

Je vais déposer le papier sur l'oreiller que j'ai emprunté cette nuit, et pendant que je mets mes chaussures, je jette un coup d'œil autour de moi. Je constate que son appartement est décoré avec goût, un grand canapé en cuir noir fait face à une télé encore plus grande, sur la table basse des bougies de luxe ont encore leurs mèches intactes, une plante verte s'épanouit devant la grande baie vitrée qui s'ouvre sur un balcon où trônent deux chaises qui m'ont l'air confortables. Mais qu'il n'y a pas de touche personnelle. C'est joli mais on dirait un salon d'exposition dans un magasin. Il n'y a pas de photos, pas de souvenirs. Et je sais qu'il doit en avoir, vu comment il est populaire, et vu comment sa famille l'adore.

Je sors sans un bruit et profite de la fraîcheur matinale. L'hôpital n'est pas loin, de même qu'une boulangerie dans laquelle j'achète trois croissants et trois cafés avant d'aller voir mon neveu.

Camille me rejoint dans le hall d'entrée.

— Bonjour sœur indigne, commencé-je en lui tendant un café. Comment va Lucas ?

— Il dort comme un loir. Raph arrive.

On s'installe près de la fenêtre, pour profiter du lever de soleil. Elle mord avec envie dans le croissant.

— J'ai paniqué, ajoute-t-elle. Je n'arrivais plus à réfléchir. Je ne pensais qu'à Lucas.

— Je comprends. Mais tu m'as lâché comme une vieille chaussette. C'était un peu vexant.

— Je sais… Je suis vraiment désolée. Tu me pardonnes ?

— Je n'ai pas trop le choix. T'es ma sœur et je ne peux pas te renier. Mais Cam tu sais que tu peux compter sur moi. Vraiment.

— Compris.

Raph arrive à ce moment. Il me salue à peine avant de se jeter sur le café et d'engloutir son croissant avec gourmandise.

— Tu es mon héroïne, dit-il la bouche pleine.

On échange sur l'état de santé de Lucas, qui est en ce moment avec un médecin pour sa dernière visite avant de sortir.

— Au fait, comment ça s'est passé, ta soirée ? me demande Cam en toute innocence. Tu as pu faire connaissance avec Ben ? Il s'est bien comporté avec toi ?

— Oui, il est très sympa. Même s'il m'a fait le coup de la panne. Je te soupçonne d'ailleurs d'avoir tout orchestré.

— Moi ? Alors que mon fils est à l'hôpital ? Je n'y ai pas songé un seul instant.

On rit et je mets de côté tout ce qu'il s'est passé cette nuit. Ça, ça me regarde. Et vu qu'il est ami avec Cam, je ne veux pas que ça change quelque chose entre eux.

Mais je sens son regard sur moi. Elle le sent, j'en suis sûre. Pas au sens littéral du terme, ce serait bizarre, mais elle en a l'intuition.

— Mon Dieu ! Elo, vous avez couché ensemble ! s'écrie-t-elle.

— Quoi ? Non, pas du tout ! J'ai dormi sur son canapé.

— Je te connais par cœur, ne me mens pas ! T'as les joues roses et ce sourire aux lèvres !

— Je souris car mon neveu va bien. Ne t'imagine rien d'autre.

— Vous avez craqué l'un pour l'autre. Je le savais. Je te l'avais dit, qu'il est fait pour toi.

Je ne réponds rien, préférant boire une gorgée de café. Raph choisi de ne pas s'immiscer dans cet échange, et il fait bien. Même si je sais qu'il va débriefer tout ça avec Cam dès que je serais partie.

— Je fais un câlin à Lucas et je rentre chez moi. Je suis épuisée par tous ses évènements. Il ne s'est rien passé avec Benjamin. Je te pardonne ton abandon. Bisous à vous deux.

Sur ce, je me lève avec toute la dignité qu'il me reste et les laisse avec leur hystérie. Ils rient comme des idiots. Ce qu'ils ne verront pas cependant, c'est le large sourire sur mon visage une fois que je leur tourne le dos. Et ça me fait du bien.

Benjamin

Je suis d'une humeur massacrante. Aujourd'hui ça fait un mois qu'elle m'a laissé sans plus donner signe de vie.

Son bout de papier sur mon oreiller ? Juste pour me prévenir qu'elle partait à l'hôpital. Elle ne m'a même pas laissé son numéro de téléphone.

Je suis partagé. D'un côté, je suis un peu en colère. De l'autre, je suis déçu. Mais elle me fait subir ce que je fais subir moi-même à quelques autres femmes. Je crois qu'on appelle cela le karma.

J'ai donc repris ma routine. Boulot la semaine, où je forme Baptiste à me seconder, et week-end chez mon père. J'ai multiplié les sorties au village dans l'espoir de la croiser, en vain. Du côté de Camille, c'est le néant aussi. Éloïse ne lui a rien dit sur notre nuit apparemment, et je n'ose pas lui demander son numéro.

D'ailleurs, depuis cette fameuse nuit, je n'ai ramené personne dans mon lit. J'ai bien eu quelques messages suggestifs de mes occasionnelles, mais j'ai décliné à chaque fois. Je ne me reconnais plus.

Mon frère non plus. En ce samedi soir, la météo est encore clémente, et on boit une mousse en terrasse.

— Bon, mon frère, il faut qu'on parle. L'heure est grave.

— Qu'on parle de quoi ?

— Du désert sentimental qui t'engloutit. On sait tous que tu couches à droite et à gauche, mais ça fait un mois que tu n'as ramené personne dans tes filets. Que se passe-t-il ?

Je ris de bon cœur.

— Ne t'en fais pas pour moi. Je me débrouille.

Il pince les lèvres.

— Quoi ? voulus-je savoir.

— Tu es un mystère. Comment ça se fait qu'elles sont toutes en pâmoison devant toi alors que tu ne les regardes pas ?

Il glisse un regard vers la serveuse, qui depuis qu'on s'est installés fait tout pour attirer mon attention. Malheureusement pour elle, je ne la lui accorderais pas ce soir.

— Parce-que je cherche un peu plus que ça, murmuré-je.

— Dis donc ! Tu aurais grandi ? Ou c'est l'exploit de quelqu'un d'autre ?

Pour toute réponse, je lui fais un clin d'œil derrière mon verre de bière.

Un peu plus tard, alors qu'on rentre chez nous à pied, elle est apparue. Là, à une terrasse de restaurant. Mon cœur a eu un raté. Elle porte un short en jean, un débardeur noir et une paire de baskets. Elle étudie avec soin le menu. Mes pieds m'ont porté jusque devant sa table, mais ont continué leur chemin lorsqu'un jeune homme grand et blond s'est assis en face d'elle. Ils ont ri en se prenant la main… Je chausse mes lunettes de soleil malgré la nuit qui tombe, mais…

— Benjamin ? s'écrie-t-elle derrière moi.

— Salut Éloïse. Ça va ?

— Bien merci ! Je suis avec mon cousin, on fête l'obtention de son diplôme. Camille ne va pas tarder à nous rejoindre.

Son cousin me fait un grand sourire, lève son verre de bière en ma direction et mon cœur retrouve un rythme normal dans ma poitrine.

— Félicitation ! dis-je d'une voix un peu plus assurée.

— Au fait, ajoute-t-elle en nous éloignant un peu de la terrasse après que son cousin m'ait remercié, je suis désolée d'avoir agi comme je l'ai fait.

— Et comment as-tu agi ? Mais surtout… Pourquoi ?

— Être partie en catimini. Ce n'était pas mature de ma part. Je ne sais pas pourquoi j'ai attendu aussi longtemps. J'avais peut-être un peu peur, avoue-t-elle dans un souffle. Peur de toi. Je voulais être sûre. Si jamais tu veux mon numéro, le voilà.

Elle a un bout de papier entre ses doigts. Cela signifie forcément qu'elle m'a vu plus tôt dans le village.

Je me sens à la croisée des chemins. Soit je laisse parler ma fierté d'homme blessé, soit je baisse un peu la garde pour voir ce que l'avenir pourrait nous réserver. Elle se rapproche un peu, et son parfum envahit mes narines. Mon cœur s'emballe un peu dans ma poitrine.

— Je sais que je me suis mal comportée. Si tu le veux bien, je suis prête à tout pour me faire pardonner, souffle-t-elle à mon oreille.

Son regard se voile un peu, signe que j'ai bien fait mon travail pendant notre nuit partagée. Elle pousse le vice jusqu'à se mordre la lèvre. Une pression s'éveille dans mon bas ventre. Elle sait allumer le feu… Je me souviens de notre nuit, bien sûr. J'ai découvert que donner du plaisir était aussi grisant que d'en recevoir. J'avais envie de recommencer, bien sûr… mais je décide de faire parler ma fierté. Un tout petit peu.

— Qu'implique « tout » quand tu dis que tu es prête à tout ? Il faut avouer que tu n'as pas été très classe. Je méritais un peu plus de considération, dis-je en croisant les bras.

— Tu as raison, murmure-t-elle en glissant son numéro dans la poche de mon jean, effleurant d'une légère caresse ce qui se trouve dans mon caleçon. Tout ce qui te plaira. Je mettrais un point d'honneur à te faire plaisir.

Mon imagination s'emballe. Elle est vraiment très forte.

Mais avant que je ne puisse faire ou dire quoi que ce soit, elle dépose un baiser tout près de ma bouche, me sourit et retourne auprès de son cousin, me laissant perplexe et pantelant au beau milieu du trottoir.

Chapitre 13

Éloïse

J'ai rarement été aussi entreprenante. Enfin, en public. Au beau milieu de la foule, il n'y avait que notre conversation qui me semblait réelle. Il faut croire qu'il me pousse au vice.

Je rejoins Robin, mon cousin, un grand molosse blond aux yeux bleus rieurs, qui sirote sa bière, un sourire aux lèvres.

— C'est donc lui qui te met le rose aux joues ? demande-t-il en riant.

— Oui… Un mois que je le fais languir. Je l'évitais jusqu'à aujourd'hui.

— Si je ne te connaissais pas, je parierais que vous vous êtes dit des choses cochonnes.

Je pars dans un fou rire. Le couple à côté de nous me gratifie d'un regard mauvais, mais je m'en fiche comme de ma première chaussette.

— Une dame ne dévoile pas son jeu aussi facilement, jeune homme.

— Tu as bien raison, dit-il en prenant une poignée de cacahuètes. En attendant, il a l'air gentil.

— Tu savais que c'est un bon ami de Cam ?

— Raison de plus pour le présenter ! On sera content d'accueillir un nouveau mec parmi toutes les filles.

Il faut dire qu'on est douze cousines pour trois cousins. On est proches, et j'en passe du temps au téléphone pour les anniversaires, Noël et la nouvelle année. Je n'échangerais ma famille pour rien au monde. Je pourrais leur donner ma vie, tout ce que j'ai, mentir pour les sauver s'il le fallait.

— C'est chouette de voir que tu vas mieux en tous cas, constate mon cousin.

— Oh ! Ne t'y trompe pas. Je commence à m'habituer à son absence. Ça fait un peu moins mal chaque jour, mais elle est bien là. Le pire c'est le matin, au réveil… J'ai encore envie de l'appeler.

— T'es courageuse. Tu le sais ça ?

Je ne réponds rien. Encore une fois, je ne suis pas courageuse, je survis, c'est tout.

Depuis cet instant avec Benjamin, je n'ai pas eu de nouvelles. Cela fait une semaine. Et je n'ai pas demandé son numéro à Cam. Je ne veux pas être ou paraître désespérée. Et je ne veux pas lui parler de cette nuit. Je ne suis pas sûre qu'il lui en ait parlé aussi.

Ce week-end je monte à Annecy. Je n'ai pas vu Lucas depuis le week-end dernier et il me manque. Il fête ses cinq ans aussi, mais comme je ne veux pas qu'il grandisse, je dis qu'il a quatre ans et un an d'expérience.

Le temps passe trop vite. Il grandit trop vite.

Il m'a demandé mon gâteau au chocolat avec des paillettes multicolores dessus, ainsi qu'un nouveau camion. Je suis actuellement devant leur immeuble et je viens de voir la voiture de Benjamin. Mon cœur s'emballe… J'essaie de faire abstraction (peine perdue) et prends l'ascenseur.

Je ne m'attendais pas à la personne qui m'a ouvert la porte.

— Papa ?!

Il a vieilli. La dernière fois que je l'ai vu, il y a quelques mois, pour Noël, il n'avait pas tant vieilli.

— Bonjour ma fille. Entre, je t'en prie.

Il a l'air préoccupé. Je n'aime pas ça. Je pose mon sac et vais dans la cuisine saluer ma sœur et lui donner le gâteau. Il y a des décorations d'anniversaire partout dans le salon, où Benjamin joue avec Lucas, et Raph fait le service des boissons. Quand il me voit, Lucas me fonce dessus et Benjamin me salue du bout des lèvres.

J'ai l'esprit trop préoccupé à surveiller mon père pour être chaleureuse, mais je lui fais quand même un sourire, auquel il répond par un clin d'œil. Il n'est pas bête, je suis sûre qu'il a compris que ce n'était pas le bon moment.

La petite fête s'est bien passée. Lucas avait invité son meilleur copain, le petit Charles. Ils étaient trop mignons dans leurs belles chemises et coiffés avec élégance. Après avoir soufflé les bougies et mangé le gâteau, Benjamin et Raph les ont emmenés au parc, histoire qu'ils prennent l'air.

Papa nous fait signe qu'il doit nous parler, après qu'on ait rangé l'appartement. Une boule d'angoisse se loge dans mon ventre.

— Bon, mes filles, il faut que je vous parle.

Une alarme sonne dans ma tête. Je sens que ce qu'il doit nous annoncer ne va pas être une bonne nouvelle.

— J'ai plusieurs choses à vous dire, dit-il en s'asseyant sur le canapé. Venez près de moi. Je commence avec les bonnes ou les mauvaises nouvelles ?

— Les bonnes, dit Cam.

— Les mauvaises, dis-je au même moment.

— Bon… On va dire les mauvaises, comme ça, c'est fait, tranche mon père. Je suis malade. Depuis quelques temps déjà. Et même si je suis en rémission, je dois vous en parler. J'ai un cancer de la prostate. Pris à temps donc ça va. Je suis soigné mais j'ai des effets secondaires à cause de la chimio. Je suis obligé de faire de la dyalise. Ah, et j'ai quitté Rosaline. Je ne voulais pas l'obliger à traverser tout ça à cause de moi.

On se regarde avec Camille. Je crois que c'est la plus longue conversation qu'il ait jamais eue avec nous. Mais non seulement il est malade, en plus il est tout seul. Je culpabilise instantanément. Je veux réagir mais Camille me retient le bras. Papa ne semble pas l'avoir remarqué.

— On va finir sur une bonne nouvelle. J'ai fait un gros tri dans la maison et j'ai retrouvé des affaires de votre maman. Je les ai dans ma valise. On pourra en reparler ce soir, quand le petiot sera couché.

Je refuse de regarder Cam, que je sais aussi bouleversée que moi.

— Merci d'avoir partagé tout ça avec nous papa, souffle Cam du bout des lèvres.

— Il fallait que je vous parle. Je ne pouvais pas tenir ma langue.

Je prends une grande inspiration pour dissiper la boule d'émotion qui m'obstrue la gorge, pendant que le silence s'installe entre nous.

Bon allez ma vieille, il faut que tu prennes sur toi et que tu assures.

Si la mort de maman doit t'apprendre quelque chose, c'est que la vie est courte. Et qu'il faut dire les choses avant qu'il ne soit trop tard.

— Je suis vraiment désolée papa, dis-je. Je suis une fille nullissime. J'aurais dû venir te voir, au lieu de passer quelques coups de fil.

— Ne te fais pas de bile, ma grande.

— Si, je regrette. Beaucoup.

Mal à l'aise, le rouge lui monte aux joues. Il baisse les yeux en se tortillant les doigts.

— Ce qui est fait est fait. Allons de l'avant.

Je soupire à nouveau et ose jeter un œil à ma sœur, qui a les joues inondées par les larmes.

On reste un long moment assis à se tenir la main. Le silence est seulement rompu quelques fois par le reniflement de l'un ou de l'autre.

Après quelques instants, les hommes rentrent. Lucas se dirige droit sur nous, rouge comme une tomate, et grimpe sur les genoux de sa maman.

— Maman, tatie, je suis fatigué et j'ai soif.

On se lève comme un seul homme. Papa accompagne Cam et Lucas dans la cuisine et je me réfugie sur le balcon. J'ai besoin de prendre l'air et de me remettre les idées en place. Benjamin en profite pour se faufiler à mes côtés.

— Tout va bien ? me demande-t-il d'une voix douce en se posant à mes côtés.

— Les choses pourraient aller mieux.

— Je devrais partir tu penses ?

— Non, pas du tout, réponds-je en lui prenant la main. Ce qui devait être dit a été dit, maintenant profitons de notre soirée.

— Je suis content d'être là, ajoute-t-il en déposant un baiser sur ma main.

Mon angoisse se dissipe quelque peu. J'arrive même à lui rendre son sourire.

S'il n'y avait pas eu la discussion avec papa, je suis certaine que je me serais faite pardonner. J'en avais même très envie. Mais il n'est plus du tout question de ça à présent.

Les parents du petit Charles viennent le rechercher, et Lucas ne tarde pas à vouloir aller se reposer. Cam insiste pour qu'il mange un peu du repas qui est en train de cuire pour ne pas se coucher le ventre vide, et il sombre assez rapidement après.

Je suis en train de bavarder avec Raph sur le balcon après avoir dressé la table. Benjamin nous rejoint et allume une cigarette.

— Bah tiens, tu fumes toi ? s'exclame Raph. On ne t'a pas vu en allumer une de toute la journée.

— C'est à cause des enfants, répond-il. Je n'en ai pas mais je fais très attention. Beaucoup de mes amis en ont, je sais à peu près ce qu'il faut faire ou pas.

— Pas mal. Tu marques des points, dit-il en me regardant avec un grand sourire.

Je me retiens de justesse de l'étrangler.

— Mon amour tu peux venir m'aider en cuisine s'il te plaît ? demande Cam à la fenêtre.

Je lui fais les gros yeux. Je la connais par cœur. Elle veut simplement que je discute avec son ami. Ami qui me tend justement une cigarette et un briquet.

— Merci, dis-je, un peu surprise.

— Vu ce qu'il se passe aujourd'hui, tu as l'air d'en avoir besoin.

Je soupire. Oui, il n'a pas idée… Il s'approche de moi, et mon regard se perd sur le reflet du lac.

— T'as envie d'en parler ? demande-t-il au bout d'un moment. Peut-être que ça pourrait te faire du bien.

— Oui c'est vrai. Mais je ne veux pas que tu te sentes obligé ou autre.

— Écoute, dit-il en me faisant face, j'ai traversé une période difficile moi aussi. Si parler te fait du bien, je veux bien être cette oreille attentive.

Je ressens sa peine due à la perte de sa mère dans son regard. Ma gorge se noue, et cette barrière de fierté qui m'empêchait de ressentir quelque chose pour lui se fissure un peu.

Chapitre 14

— C'est juste que j'ai mal géré avec mon père. Après le décès de ma mère, je me suis laissée emporter par ma peine et j'en ai oublié le reste. Cam venait de temps en temps dans ma grotte mais j'ai complètement oublié mon père. Et je m'en veux terriblement, surtout qu'il nous a annoncé être malade…

Je n'arrive plus à parler, la gorge de nouveau nouée par l'émotion. Les larmes me brouillent la vue. Je tourne la tête vers le lac, utilisant mes cheveux pour cacher mes émotions.

— Je peux ? demande-t-il d'une voix douce.

Sans réponse de ma part, il ose m'entourer de ses bras. Je me retiens de toutes mes forces pour ne pas éclater en sanglots. Mais le tremblement qui me secoue le corps me trahit. Son parfum m'enveloppe et j'ose poser la tête contre son épaule. J'arrive presque à me calmer.

On reste là dans un silence confortable, puis j'entends la baie vitrée glisser, et sans trop réfléchir je m'écarte de son corps.

— Désolée de vous déranger, murmure Cam. Elo, papa demande à nous voir avant le repas.

J'acquiesce dans sa direction, et elle referme la baie vitrée. Je repose mon front contre son épaule avant de m'essuyer les yeux et de reprendre mon souffle. Mais je n'ose plus le regarder.

— Je suis vraiment désolée…

— Éloïse, tout va bien. Je vais me permettre un petit conseil : va de l'avant. Le temps perdu ne se rattrape pas, mais on peut changer notre façon de faire pour le futur. Tu trouves que tu n'as pas été à la hauteur avec ton père, tu as encore la possibilité d'agir pour ne plus avoir cette sensation.

Je trouve le courage de lever les yeux vers les siens, et j'y vois tout le soutient qu'il me porte. C'est très agréable. Je marmonne un pitoyable « merci » et il me sourit.

— Si mes erreurs peuvent aider. Sur ce, je vais vous laisser en famille.

Je veux protester, mais je sais que ça ne sert à rien. Je le suis dans le salon où il récupère son cuir, et je le raccompagne à la porte.

— Si tu le souhaites, passe me voir demain avant de rentrer chez toi, chuchote-t-il à mon oreille en glissant une clé dans ma poche, me rappelant notre conversation devant le restaurant.

Je hoche la tête et referme la porte, prête à affronter la soirée avec ma famille.

Benjamin

Je rentre chez moi, un peu sonné par cette journée. Je n'avais aucune attente particulière pour un goûter d'anniversaire d'enfant, mais j'ai pu me rapprocher un peu d'Éloïse.

Elle est belle, douce, intelligente et hypersensible. Elle est aussi très attachée à sa famille. Elle est aussi un peu plus âgée que moi, mais je m'en fiche. Et bien évidemment, il y a ce lien, vu qu'on traverse les mêmes choses… Il est possible d'envisager quelque chose, si elle le veut aussi. Je suis prêt à essayer en tous cas. Une relation exclusive. À cette pensée, je ris. Moi ? Une relation ? Surprenant.

Une fois chez moi, je prends une douche rapide et réponds positivement à un message de Baptiste, qui me propose un restaurant et une sortie au bar, en enfilant un bermuda noir et un t-shirt bleu. Ce soir, c'est une bonne idée, histoire de décompresser un peu de cette journée riche en rebondissements.

Je le retrouve à notre table habituelle d'un petit restaurant en ville. Il y a deux bières devant lui, et il est en pleine discussion téléphonique. Il porte un pantalon en lin gris et une chemise blanche qui met en valeur ses yeux verts.

Je m'assois, et entends sa conversation sans vraiment le vouloir.

— Écoute, ton père a été très clair : si on se revoit, j'aurais de gros ennuis.

Silence.

— Je refuse. Oui, c'était très sympa, mais les conséquences pour moi sont trop lourdes à gérer.

Silence.

— Ne pleure pas s'il te plaît… Gardons contact, d'accord ? Quand ça se sera calmé, on pourra en rediscuter.

Silence.

— Prends soin de toi. A bientôt.

Il raccroche et soupire avant de prendre une grande gorgée de sa bière.

— Les femmes, dit-il à mon intention. Elles vont me rendre dingue.

— Elles ? Au pluriel ? m'étonné-je.

— Lana, du bureau, me traque un peu aussi.

Cela fait un mois qu'il travaille avec moi. Suite à la soirée avec l'entreprise, mon ami a fait preuve de persévérance et Monsieur Dubois a apprécié sa ténacité.

— Pas au boulot, grondé-je avec un regard d'avertissement et un index menaçant pointé vers lui.

— J'ai compris, ne t'en fais pas, dit-il en levant les mains en signe de reddition. Mais je ne sais pas comment la repousser gentiment. Je n'ai pas l'habitude !

On se perd chacun dans nos pensées, les yeux au fond de nos verres.

Les miennes vont vers Éloïse. Je crois que c'est la première fois que je ressens cela pour quelqu'un. Et si… C'était la bonne ? Celle qui me fera aimer la vie de couple ? Celle qui cherchera à me connaître ? Celle qui fera que toutes les autres ne vaudront plus la peine ? Même si j'en ai déjà conscience, pour cette partie.

— Viens on boit, propose Baptiste.

J'acquiesce, et c'est mon dernier souvenir.

Car je me suis réveillé le lendemain après-midi, suite à une porte qui a claqué avec force. Nauséeux, au milieu de deux corps de femmes complètement nus, quand j'ai enfin pu ouvrir un œil, j'ai vu Éloïse, dans l'encadrement de la porte de ma chambre.

Le visage fermé.

Elle est repartie sans un bruit. Je me sens comme un con.

J'ai enfilé un caleçon à la hâte, avec toujours cette nausée qui ne me quitte pas, pour la suivre.

— Éloïse ! m'écrié-je.

Elle se retourne brusquement, et ce que je vois sur son visage ne me plaît pas du tout.

— Ne te fatigue pas, siffle-t-elle entre ses dents. On n'est pas ensemble. Tu ne me dois rien.

— Ne dis pas ça. On sait tous les deux qu'il y a quelque chose entre nous.

Je n'étais pas prêt à lui parler aussi ouvertement, mais les restes d'alcool me donnent du courage. Ou me rendent imprudent.

Elle ouvre et ferme la bouche, sans savoir quoi rétorquer. Désarmée face à mon honnêteté.

— Alors pourquoi tu as fait ça ? murmure-t-elle finalement, baissant les bras.

— J'ai merdé, je le sais. Je n'ai aucune explication. L'alcool me fait faire n'importe quoi…

— Oh pitié… souffle-t-elle en levant les yeux au ciel. Assume au moins cette part de toi. Tu n'es et ne seras jamais l'homme d'une seule femme. Mais je ne veux pas être une conquête de plus sur ton tableau de chasse. Donc on arrête les frais ici. Oublie mon numéro et passons à autre chose.

C'est à mon tour de ne pas savoir quoi dire.

Enfin si, je savais quoi dire. Je n'ai pas eu le courage de lui dire, tout à coup.

J'aurais voulu lui assurer que je pouvais changer, pour elle. Que oui en effet j'ai un tableau de chasse mais je ne voulais plus qu'elle dessus. Que je pouvais oublier tous les autres numéros mais surtout pas le sien.

Mais rien ne sort, et je dois me résigner à la voir partir.

Le silence qui suit son départ me fait remonter les litres d'alcool ingurgités la veille, et je cours aux toilettes. J'ai honte, je me sens stupide, et la tête dans la cuvette je perds le peu d'estime que j'ai pour moi.

C'est le déclic.

Je m'essuie la bouche et invite les charmantes jeunes femmes à partir. Elles protestent mais accèdent à ma demande.

Je ne perds pas de temps. Une fois les filles parties, je range mon appartement, ouvre en grand les fenêtres pour changer l'air saturé d'odeurs d'alcool et de fluides corporels, et m'assois sur le balcon pour appeler mon père. L'air frais me fait du bien. Apaise un peu la nausée qui ne me quitte toujours pas. Le ciel bleu n'est pas le reflet de ce que je ressens à cet instant.

Il est le seul à qui j'ai envie de parler.

— Papa ? J'ai fait une belle connerie…

— Quelle drôle d'entrée en matière, marmonne-t-il.

— Excuse-moi. Ça va ? Je ne te dérange pas ?

— Oui ça va et non, tu ne me déranges pas. Raconte-moi tout.

Je lui raconte donc tout. De ma rencontre avec Éloïse à la scène de ce matin. Un silence gêné suit mes explications ; et je sens que je suis rouge tomate.

— Bon, je sais que ce n'est pas trop écologique, mais viens manger avec moi ce soir. On va réfléchir à une solution. Rien n'est définitivement perdu.

— Je me mets en route tout de suite.

— Dis donc, tu tiens vraiment à cette jeune femme ?

— Oui.

Je n'ai pas hésité une seconde.

Chapitre 15

Éloïse

La situation a dérapé.

La vie c'est comme les montagnes russes… Vous voulez que je vous dise ? Si je sais qui a inventé ce dicton, je l'étrangle !

J'ai besoin de stabilité en ce moment, pour continuer à aller mieux. J'avais vraiment l'impression que c'était dans le caractère de Benjamin, vu comment il m'avait écouté et supporté ces derniers temps. Il répondait à tous mes messages, s'entendait bien avec ma famille, physiquement on s'était apprivoisés, et il est indépendant. Tous les feux étaient au vert…

Je crois que dès qu'il voit une femme plus de quelques fois il se braque. Il m'avait dit une fois qu'aucune n'avait cherché à le connaître, mais en fait c'est lui qui érige des barrières et des obstacles pour que personne ne l'approche.

J'avoue que c'est un peu douloureux. Non, je me mens, c'est vraiment douloureux. Mais tant pis.

Ces pensées me tiennent en éveil le temps que je rentre chez moi.

Je vais reprendre le cours de ma vie. Le boulot, la famille, pas d'autre distraction. Penser à mon père me rappelle qu'il m'a quand même donné un bon conseil : je peux changer d'attitude pour l'avenir.

Bref. Lundi matin, j'arrive au bureau et aperçois mon patron qui y est depuis un certain temps déjà, j'en suis sûre. J'ai à peine le temps de poser mes affaires qu'il m'appelle. J'attrape mon bloc-notes et entre dans son bureau, après avoir frappé.

— Éloïse, je suis embêté… J'ai besoin de vous.

— Je vous écoute.

— La semaine prochaine, nous avons un salon à Paris. Et Juliette vient de m'apprendre qu'elle attendait un heureux évènement. Je n'ai confiance en personne d'autre que vous. Pouvez-vous me rendre ce service ?

— Monsieur… Je n'ai pas du tout les compétences de Juliette…

— Aurélie viendra avec vous. Mais Éloïse s'il vous plaît… Mon mariage ne tient plus qu'à un fil. Si je m'absente quatre jours elle videra la maison et emmènera les enfants avec elle. Elle me l'a dit.

Il me semble vraiment désespéré. Ses traits sont tirés, ses cheveux en bataille, son teint terne. Il me fait de la peine.

— Je suis navrée pour vous. Bien sûr que j'irais au salon.

— Merci.

Je ne reste pas plus longtemps. Je pense que ça doit être difficile pour un homme d'avouer ses faiblesses. Donc je vais faire les choses bien. Pour lui.

J'appelle Aurélie pour pouvoir avoir un moment avec elle, et rendez-vous est pris pour l'après-midi.

J'ai travaillé comme une forcenée pendant une semaine pour rattraper mon retard. Plus exactement, pour approfondir mes connaissances. Après neuf ans dans cette entreprise, bien évidemment que je savais ce qu'il faut savoir sur ce que nous vendons, à savoir du matériel pour les sports d'hiver en bois. Mais la technique, je ne l'ai pas approfondie. Je me suis donc fixé comme objectif d'apprendre chaque détail de chaque produit par cœur. D'étoffer chaque argument pour être irréprochable. Faire des listes pour ne rien oublier.

Et le lundi suivant, on se retrouve à la gare pour partir à Paris. Je n'ai pas beaucoup voyagé dans ma vie hormis dans des villages paumés pour voir des groupes de musique que personne ne connaissait, donc je suis contente de partir un peu. Aurélie est une baroudeuse, partant dès que possible avec son mari pour parcourir le monde. J'avoue que je stresse un peu mais elle calme mes angoisses en me parlant de la pluie et du beau temps.

On arrive vers la fin d'après-midi, en ce mois de septembre. L'air est irrespirable. L'été est exceptionnellement chaud, et ça continue de durer.

Paris est tout le temps en mouvement, contrairement à ma vallée qui n'est active que pendant la journée. Les étudiants ont investi les rues, révisant en terrasse tout en buvant un verre. Les travailleurs, déjà fatigués malgré les congés d'été, ressemblent à des zombies. Mais des zombies très bien habillés.

Nous sommes logés près du quartier de la Défense, où se tient le salon. Animé en journée, ce quartier devient désert après les horaires de bureau. Enfin, en temps normal, car avec le temps très doux, des dizaines de *food-trucks* ont investi le parvis et des bars éphémères voient le jour un peu partout autour des immeubles.

Après avoir posé nos affaires à l'hôtel, Aurélie me propose d'aller y faire un tour, histoire de se dégourdir les jambes. Donc je me rafraîchis, me change et la rejoins à l'entrée de l'hôtel.

— Je connais bien ce quartier, vu qu'on fait le salon tous les ans avec Juliette. On a nos habitudes, mais si tu veux on a qu'à se balader au milieu des *food-trucks*. On verra bien ce qu'il y a, et au pire on ira dans le petit restaurant que je connais.

— Ça me va ! réponds-je d'une voix enjouée.

Elle me sourit.

— C'est ta première fois à Paris ?

J'acquiesce.

— Je n'ai pas eu l'occasion de voyager. Quand je suis en vacances, je rejoins ma famille et on profite ensemble dans les environs de la région. On n'a jamais les mêmes périodes, du coup c'est un peu dur de prévoir…

— Je comprends. Tant que vous êtes ensemble, c'est le principal !

Je suis soulagée qu'elle ne me juge pas. Je crois que c'est ce qu'apportent les voyages : l'ouverture d'esprit.

On se balade parmi les *food-trucks*, la gourmandise aux aguets. Après un moment de réflexion, j'opte pour une succulente pizza italienne et Aurélie pour un plat asiatique qu'elle adore. On se rejoint pour manger ensemble devant le soleil couchant, et on se met d'accord pour un dernier verre. On s'installe sur la terrasse et je jette un coup d'œil autour de moi pour observer les parisiens.

Entre les hipsters au look hyper branché et les bobos presque tous en blanc, les stagiaires et les commerciaux sur leur téléphone, c'est fascinant. Et au milieu de tous ces gens… Je vois Benjamin. Il est en grande discussion avec un homme d'âge mûr. Je crois reconnaître son mentor, Hervé. Mon cœur a un raté.

Combien y a-t-il de chance pour que je sois dans le même bar que lui, à Paris ? Qui est une grande ville, une capitale ? Si je devais deviner, pas beaucoup.

Aurélie me voit m'affaler sur mon siège.

— Je suis maudite, marmonné-je.

— Pourquoi donc ?

— Le seul homme sur toute la planète que je ne voulais pas croiser se trouve de l'autre côté de la terrasse.

Elle explose de rire. Même moi je souris, consciente de l'ironie de la situation.

— Lequel est-ce ?

Je lui indique l'endroit où ils se trouvent. Elle siffle entre ses dents.

— Tu le connais ? m'étonné-je.

— Tu sais, la vallée est petite. Oui, je le connais, et pas en bien. Il a couché avec des amies de Juliette. C'est un goujat.

Elle me jette un coup d'œil de biais. Je me cache derrière mon verre de vin, gênée.

— Tu as couché avec lui ! s'exclame-t-elle.

C'est une affirmation, pas une question. Je sens le rouge me monter aux joues. Elle est reprise d'un fou rire, ce qui nous vaut quelques regards courroucés de nos voisins de tables. Et à mon grand dam, celui de Benjamin s'ajoute à la liste.

Un sourire s'épanouit sur son visage.

Pourvu qu'il ne vienne pas à notre table…

Il ne vient pas, et je peux respirer. Je peux même profiter du reste de la soirée avec ma collègue.

En rentrant dans ma chambre d'hôtel, mon portable sonne, m'indiquant un message. Croyant que c'était Cam, je regarde et reste interdite devant ledit message.

« Ed Sheeran – Shivers »

Il m'envoie le titre d'une chanson. Une chanson d'amour…

Je m'assois sur le lit, soudain épuisée. Il veut se faire pardonner. Je mets mes écouteurs et lance la chanson avant de m'affaler sur le lit. J'ai tout le loisir de me remémorer cette nuit partagée.

Mais aussi la peine ressentie quand je suis allée à son appartement, et que je l'ai vu entouré de ces deux femmes…

Malgré tout, je me sens vivante. Dans ses yeux, je me sens unique. Après des mois dans un brouillard épais et suffocant, il m'a réveillée.

« Chambre 104 »

Je suis surprise de lui avoir répondu. Mais je sais qu'il sait déjà à quel hôtel je suis descendue (il a vu mes réseaux sociaux). Une dizaine de minutes plus tard, des coups sont frappés à ma porte. J'ouvre sans même le regarder, et vais me planter devant la fenêtre. Je dois calmer le rythme effréné de mon cœur et le tremblement léger de mes mains. Je ne veux pas qu'il voit l'effet qu'il me fait.

-— Bonsoir, dit-il d'une voix grave.

Sa voix résonne dans tout mon corps. Je croise les bras et je dois vraiment prendre sur moi pour ne pas le fuir.

— Je m'excuse encore une fois, ajoute-t-il.

— Ne le sois pas, dis-je brusquement. Je te l'ai dit, tu ne me dois rien.

— Et toi ne dis pas ce genre de chose, gronde-t-il. Ça me rend dingue.

Je ne sais pas comment c'est possible mais il se retrouve devant moi en un instant. Son regard rivé au mien, il ne me touche cependant pas encore physiquement, mais il prend toute la place dans mon espace vital.

— Pourtant c'est vrai, soupiré-je. On a couché ensemble une fois. T'es ami avec ma sœur. Et après ?

— Et après ? répète-t-il. Il se trouve que je veux plus.

— Je ne suis pas prête.

Un sourire triste étire ses lèvres.

— Je sais. C'est pour ça que je suis là. Pour te dire que même si tu n'es pas prête, je prendrais le temps qu'il faut pour te prouver que je suis digne de toi.

Je dois avouer qu'il sait y faire. Sur ces paroles, il prend ma main, la porte à ses lèvres et y dépose un baiser léger, le regard fermement verrouillé au mien. Je suis tétanisée par la peur, de mon côté. J'y vois toute la détermination dont il peut faire preuve.

— Tu es trop trouble pour moi, avoué-je dans un murmure. Après ce que j'ai vu dans ton appartement, la dernière fois…

Je n'eus pas le temps de finir ma phrase, ses lèvres se sont écrasées sur les miennes. Le souffle coupé, je n'arrive plus à réfléchir. Je perds le fil de tout ce à quoi je pensais, laissant place au néant et, je l'avoue, le plaisir commence à s'insinuer dans mes veines. Sentir ses mains dans mes cheveux, son souffle sur ma peau, c'est primitif, bestial, et ça me détruit avant de tout reconstruire.

Et je me rends surtout compte que tout reprend sa place quand il est là, et j'en ai les larmes aux yeux.

Je mets un terme à notre baiser.

— Écoute, soufflé-je entre deux baisers. Montre-moi que je peux avoir confiance en toi, et je suis prête à reconsidérer ma position.

Je trouve que je m'en sors plutôt bien, vu la situation.

Ses baisers sont volcaniques, ils me donnent chaud. Pour autant, je ne me suis pas évanouie, je n'ai pas été victime de combustion spontanée, et je ne me suis pas liquéfiée entre ses mains. Au contraire, mon corps se réveille sous ses caresses, ce qui est vivifiant. Surtout quand je me rends compte que j'étais au fond du trou, triste et seule, il y a quelques temps en arrière.

Je sens qu'il se redresse contre moi. Il interrompt notre échange, plonge ses yeux dans les miens, et déclare d'une voix sûre :

— Compte sur moi.

Chapitre 16

Benjamin

J e me sens léger comme une plume quand je sors de sa chambre d'hôtel, tard dans la nuit. Tout me paraît être à sa place, maintenant. Je n'ai pas fait les choses dans le bon ordre, je le sais, mais elle me pousse à devenir un homme bien, je m'en rends compte.

Nous avons décidé de ne pas avoir de relation physique tant qu'elle ne se sent pas en confiance. Je suis plutôt d'accord avec ça. Je ne dis pas le contraire, ça va être dur, mais je peux tenir. Je vais mettre de la distance avec l'alcool et je vais assurer.

Je suis déterminé.

On se lève aux aurores avec Hervé. Nous avons une journée intense devant nous. De 9 heures à 18 heures, on enchaîne les rendez-vous professionnels. C'est très bon signe pour nous.

Et comme j'ai pris le temps de revenir vers Éloïse, de faire les choses bien, j'ai un énorme poids en moins sur les épaules. Je suis même de bonne humeur, donc je me donne à 300% pour réussir tous les rendez-vous. Hervé me laisse prendre les rênes sans sourciller. Je vois même un peu de fierté dans ses yeux quand il me regarde. J'enchaîne les succès et séduis les hommes comme les femmes.

À la fin de la journée, je suis quand même fatigué. Éreinté, même. Le commerce est un jeu de séduction, et à ce jeu-là, je deviens imbattable, même si cela me coûte beaucoup d'énergie. Je m'arrête au stand pour acheter un café avant de retrouver Éloïse pour manger.

C'est là que je l'ai vu.

Elle s'appelle Roxanne. Banquière en Suisse, vivant près de chez moi, elle est la première. Je l'ai rencontré quand j'avais dix-sept ans. Elle est la raison pour laquelle j'ai tout verrouillé, émotionnellement parlant. Pas très grande, blonde aux yeux clairs, très sportive. Et plus âgée que moi. Mais pas seulement. Elle est cultivée, férocement intelligente, le cœur sur la main et déterminée. Inutile d'essayer de filer à l'anglaise, elle m'a déjà vu. Elle s'avance vers moi, un sourire aux lèvres.

Je me sens mal à l'aise, tout à coup.

— Salut Ben ! Tu vas bien ?

J'acquiesce sans répondre de vive voix, la bouche sèche.

— Je suis là en tant que soutien émotionnel. Tu te souviens de ma meilleure amie, Manon ? Elle est commerciale chez vos concurrents, et elle vient de se faire larguer. Donc je reste avec elle. Et un séjour tous frais payés à Paris, ça ne se refuse pas, dit-elle en riant et en posant sa main sur mon avant-bras. D'ailleurs… Je m'ennuie un peu, ça te dirait de te souvenir du bon temps dans ma chambre ?

Soutenant son regard, je prends une seconde pour reprendre contenance. Cette femme qui m'a piétiné le cœur, fais traverser l'enfer car c'était un jour oui et l'autre non, me propose sérieusement de remettre le couvert ? Je suis pourtant arrivé à passer à autre chose…

— J'ai quelqu'un dans ma vie, réponds-je. Quelqu'un de vraiment bien, et je ne veux pas gâcher ça. Donc non Roxanne, on ne va pas se remémorer le bon vieux temps. Et puis je ne suis pas sûr que ton mec serait ravi d'apprendre ce que tu viens de me proposer.

Ça me fait quelque chose de la voir se décomposer. Ça me rend… Joyeux ? Je sais que c'est moche de dire ça. Je prends mon café et retourne auprès de Hervé, qui est au téléphone avec sa femme, et on va souffler un peu à l'hôtel.

Je ne suis pas peu fier de moi. J'ai réussi à passer à autre chose. Ça me frappe en pleine poitrine.

Je suis de bonne humeur quand je rejoins Éloïse. Elle est sublime dans sa robe noire toute simple. Je lui tends mon bras, auquel elle s'accroche avec élégance, et je l'emmène dans un petit bar que j'ai repéré sur le chemin du salon.

Je vais commander nos verres au bar, et l'observer assise dans le siège en osier, le visage offert aux derniers rayons du soleil, incroyablement sexy dans sa robe, me tend quelque peu…

— Tu es très belle, ce soir, dis-je en lui tendant son verre de vin.

Elle rougit. C'est charmant.

— T'es pas mal non plus.

— Bon, on a dit qu'on apprenait à se connaître. On commence par le quizz habituel : plat favori, chanson culte et autre ?

Elle a une moue pensive en se mordant la lèvre.

— C'est tellement… banal. Non, tu sais ce qui m'intéresserait ? J'aimerais que tu me parles de cette femme qui t'as tenu le bras, au stand de café.

Je me ratatine sur mon siège. Donc elle m'a vu avec Roxanne. Je perds un peu de ma superbe.

— Je te jure que c'est du passé, dis-je précipitamment. Il n'y a pas grand-chose à dire, mais tu n'as rien à craindre.

— Ne te méprends pas, je ne voulais pas…

— Non, la coupé-je. C'est un sujet un peu sensible et je t'en parlerais, mais pas maintenant. D'accord ?

Elle acquiesce et je sens qu'elle n'ose plus rien dire. Je sais qu'elle ne me pousse pas à parler, mais j'ajoute quand même :

— On a tous une personne de notre passé qui nous a fait du mal. Pour moi, c'est elle.

Elle m'écoute attentivement. Même s'il y a du monde autour de nous, des conversations bruyantes et de la musique, je sais qu'elle m'écoute. Ça fait du bien.

— Mon fantôme s'appelle Max, dit-elle calmement. Un gars de la vallée. Premier petit copain et première leçon de vie : ne pas laisser un homme me dicter ma conduite et faire de moi son jouet.

On est tous un peu abîmés par la vie. Mais on a tous en nous la force d'aller de l'avant. Il suffit de le vouloir.

— On aurait pu trouver mieux comme sujet de conversation, pour un premier rendez-vous, dit-elle avec malice. Ça te dit qu'on revienne à un quizz basique ? Juste pour détendre l'atmosphère.

— Oui, dis-je avec un sourire. Je commence : tous les plats à base de poulet, « Nothing Else Matters » de Metallica en voiture mais de la techno pour courir et disons « Retour vers le futur » comme film favori. À toi.

Éloïse

Ce quizz était marrant, après tout.

Après le repas, qu'on a pris sur le pouce sur un banc à l'écart de la foule, il me raccompagne jusqu'à mon hôtel. La nuit est douce.

Il effleure ma main avec la sienne quelques fois, et je souris sans m'en rendre compte.

On dirait deux adolescents, mais j'oublie tous mes soucis, et ça me fait du bien au moral. J'ai l'impression que le deuil est un peu plus éteint chaque fois qu'il passe du temps avec moi, alors qu'avant sa venue dans ma vie, je n'osais plus rêver.

— On remet ça demain ? propose-t-il.

— Ça me ferait plaisir. Bonne nuit !

Avant de me quitter, il dépose un baiser sur ma joue.

C'est bête, mais je me mets à rougir. C'est plus fort que moi. Il me fait ressentir ces *choses*.

Je remonte dans ma chambre et croise Aurélie, bonnet jaune vissé sur la tête malgré la chaleur, prête à sortir.

— Tu sors à cette heure ? lui demandé-je.

— Oui j'ai appris que mon frère est aussi en ville ! Je vais le saluer et je rentre assez vite, je suis épuisée. Ça va aller ?

— Bien sûr ! Je vais réviser les derniers produits et me mettre au lit.

— Ne révise pas trop quand même. Il faut aussi te reposer. C'est épuisant, un salon.

Je lui adresse un sourire et lui souhaite bonne soirée. J'échange quelques messages avec Cam et mon père, et accueille le silence de la pièce avec bonheur.

Le silence ne m'a jamais dérangé, je l'ai toujours apprécié à sa juste valeur. Maintenant que j'arrive à penser à autre chose qu'à la perte de ma mère, je respire mieux, je parle et je souris. Et vu la douceur de la soirée, j'ouvre la fenêtre quelques instants pour observer la vie parisienne, ce que je ne faisais plus. Mais à peine ai-je posé les coudes sur le garde-corps que mon portable sonne.

— Je te manque déjà ? dis-je en riant quand je vois qui m'appelle.

— Dès que je ne suis pas avec toi, réplique-t-il avec aplomb. En fait je n'ai pas envie de rester seul. Tu fais quoi ?

— Vu qu'il est 22 heures, je vais prendre une douche et me mettre au lit devant un film.

— Quel chouette programme. Je peux venir ? Pas sous la douche si tu ne veux pas, ajoute-t-il avec un sourire dans la voix.

Je prends une brusque inspiration. Est-ce vraiment raisonnable ?

— Allez viens.

Quelques minutes après, le voilà allongé à mes côtés. En plus, il a amené du chocolat. Il marque des points… Encore.

— Bon, puisque tu t'es incrusté, quel genre de film te ferait plaisir ?

— Tu allais regarder quoi ? réplique-t-il.

— C'est qu'il y a beaucoup de choix…

— Bon alors je reformule : si je n'avais pas été là, quel film aurais-tu regardé ?

Je lorgne l'écran en me mordant la lèvre.

— Eh bien… Il y a une rediffusion de Top Gun, puisque le deuxième est au cinéma…

— Vendu.

Le film commence, et je ne tarde pas à avoir les paupières lourdes.

Ne me jugez pas.

C'est le réveil qui m'a tiré du sommeil le lendemain matin. Il dort paisiblement à mes côtés. Je prends le temps de l'observer. J'ose même lui caresser la joue du bout des doigts. Sa barbe naissante crisse sous mes doigts, mais ce n'est pas désagréable. J'ai un pincement au cœur, mais pas de tristesse, de gratitude. Il est donc ce genre d'homme.

À ne rien faire tant que je ne le voulais pas.

C'est bon signe.

Chapitre 17

Benjamin

J'adore ma vallée mais je suis content d'en sortir de temps en temps. Le salon a été un véritable bol d'air (pollué). Je connais Paris par cœur, mais cette fois c'était différent.

Parce qu'elle était là.

Elle change tout sur son passage. Je crois qu'elle ne s'en rend même pas compte. Elle est lumineuse malgré sa tristesse et c'est contagieux.

Elle m'a forcé à me prendre en main. À faire face à mes problèmes relationnels, notamment ma façon de traiter les femmes. Et ça, sans rien me dire en particulier. Incroyable.

J'ai même réussi à dormir avec elle sans que rien ne se passe.

Pourtant ce n'est pas l'envie qui manquait.

Bref.

Après le salon qui fut un succès pour elle comme pour moi, on a instauré une nouvelle routine. Un week-end sur deux je monte à Saint Gervais et l'autre c'est elle qui vient à Annecy. Plus je passe du temps avec elle, plus je m'attache. Nous ne faisons rien de particulier : nous cuisinons beaucoup, enfin surtout moi car ce n'est pas son élément, et nous regardons des films. J'adore quand elle est dans mes bras, et je passe mon temps le nez dans ses cheveux ou dans son cou. Son parfum me rend fou. Je pourrais passer mes journées avec elle, à côté d'elle, ou… en elle. Tous nos moments ensemble sont géniaux. Et nos relations physiques ont pris un tout autre niveau. Ce n'est pas que physique, puisque j'ai l'impression que nos âmes communiquent, tellement c'est intense.

Je la garde jalousement pour moi. Je ne suis pas prêt à la partager avec ma bande d'amis, mais je ne parle que d'elle à tout le monde. Même Camille se plaint que je n'ai qu'elle à la bouche (au sens propre comme au figuré - si elle savait…). Donc pour l'instant, c'est juste elle et moi.

J'ai tenu comme ça jusqu'à la période de Noël.

Ce soir, c'est le réveillon. Et je veux qu'on concrétise cette relation.

Leur tradition à sa sœur et elle c'est de manger le repas gargantuesque qu'elles ont préparé tout l'après-midi. Puis d'ouvrir les cadeaux à minuit.

Notre tradition… ressemble beaucoup à la leur, donc on les a invités chez nous. Elles ont longtemps hésité. Elles nous ont fait patienter pratiquement un mois entier. Je crois que l'appât de l'espace a joué en notre faveur, car quand elles ont vu la taille de notre cuisine au chalet de mon père, elles n'ont plus hésité.

En ce moment d'ailleurs, j'observe Éloïse, éblouissante en robe bleu nuit, coiffée et maquillée comme une star hollywoodienne (Cam a un talent inné pour cela), qui épluche les pommes de terre avec beaucoup d'application. C'est marrant, elle fronce légèrement les sourcils quand elle se concentre. Leur père est aussi parmi nous, en grande discussion avec le mien au salon. Ils surveillent Lucas, très beau dans son tout nouveau costume marron, qui joue avec ses camions, comme d'habitude.

Je m'entends bien avec Lucas d'ailleurs. Éloïse y tenait vraiment. Ça se voit qu'il grandit dans un foyer plein d'amour. Et il est très perspicace. Il m'a déjà dit que je devais prendre soin de sa tante, car il a vu que je la regardais de la même façon dont son papa regardait sa maman.

Avec des yeux d'amoureux.

Je n'ai pas su quoi répondre…

Mon frère, qui discute avec sa nouvelle copine dont j'ai momentanément oublié le prénom, me regarde remplir son verre d'eau pétillante, un vrai sourire aux lèvres.

J'ai une pensée pour ma mère. C'est le deuxième Noël sans elle, et ça fait toujours aussi mal. Même si on commence à s'habituer, un peu.

— Benjamin ? m'appelle Elo.

— Oui ?

— Tu peux me dire où se trouvent vos plats à gratin ?

Je glisse un coup d'œil à mon père, qui me fait signe en riant que les plats sont à la cave.

— Probablement dans le vaisselier qui est à la cave. Je t'apporte ça.

— Je t'accompagne !

Elle me suit dans les escaliers, et je la guide vers dans la cave.

Ma mère adorait les babioles et cela finissait toujours à la cave quand c'était passé de mode. Je me plante devant le meuble, de taille imposante, un peu découragé tellement il déborde, et entreprends les recherches.

— T'as besoin d'un plat assez grand je suppose ?

— Étant donné que nous sommes neuf, soit un grand, soit deux moyens, dit-elle en riant.

Je lui déniche un plat plutôt grand, me relève et lui fais face. Nos regards s'accrochent, et je sens que c'est le bon moment.

Mon palpitant s'emballe un peu.

— Éloïse, soufflé-je.

— Benjamin, répond-elle en haussant son sourcil.

— Je pense avoir fait mes preuves, tu ne crois pas ?

Elle retient son souffle. Rougit un peu. M'observe en détail.

Et finalement, pose le plat sur une table qui traîne là, pose ses mains autour de mon visage et m'embrasse passionnément.

Si on m'avait dit que quelqu'un pouvait me faire autant d'effet (hormis ou en dépit de Roxanne), je ne l'aurais pas cru. Pour autant, je ne m'attendais pas à avoir autant de papillons dans le ventre. Je l'attrape par les hanches et la rapproche encore plus de moi, jusqu'à la pousser près du mur de l'escalier. Elle gémit quand je lui mordille la lèvre, et ce son me rend fou. Il provoque un torrent de lave qui se déchaîne dans tout mon corps. Si elle ne m'arrête pas, je vais la posséder dans ma cave.

Mais tout a basculé.

Il y a eu un grand bruit, puis des cris.

On se précipite à l'étage, où on voit son père allongé sur le sol. Raphaël a réagi et est déjà à ses côtés. L'angoisse grimpe d'un cran quand on le voit déchirer sa chemise et commencer à faire un massage cardiaque. Mon frère appelle les secours au même moment.

Je la vois rejoindre sa sœur qui n'arrive pas à garder son calme et elle essaie de tenir Lucas qui veut rejoindre son grand-père en criant.

On est tellement impuissant…

On retient tous notre souffle quand l'homme à terre cherche à retrouver le sien.

Les secours sont arrivés, l'ont pris en charge, et nous sommes allés aussi à l'hôpital. Dans la salle d'attente, j'ai tout fait pour être là pour elle, mais elle s'est réfugiée dans le silence.

Puis ils ont annoncé la pire nouvelle qui soit.

Et je l'ai perdu elle aussi.

Éloïse

Mon père est mort le soir de Noël.

Je suis dans la salle d'attente de l'hôpital, en robe de soirée, gelée jusqu'à l'intérieur de mon corps.

Encore une fois...

Camille est plus alerte que moi. Quand je le remarque, j'essaie de revenir au moment présent, et je m'avance vers elle, comme dans du brouillard, et tente de comprendre ce qu'il se passe.

— Il a fait un arrêt cardiaque, annonce le médecin. Nous n'avons pas pu le réanimer, son corps était très fragilisé par la chimio.

— Quelle est la suite ? demande Cam d'une voix enrouée, une fois le choc passé.

— Si vous le voulez, une autopsie peut être réalisée. Sinon, nous allons nous allons appeler les pompes funèbres pour qu'ils prennent le relais.

Camille me regarde, et en un coup d'œil nous acceptons qu'il appelle les pompes funèbres. Nous revenons vers notre petit groupe, fatiguées, et leur annonçons qu'on peut rentrer. Le corps de papa va être transféré dans les locaux de l'entreprise funéraire, un peu plus loin dans le village.

Je monte dans la voiture de Raphaël et regarde Lucas dormir paisiblement. Cela me terrifie de voir à quelle vitesse on peut perdre la vie.

Nous sommes tellement insignifiants, au final…

On voulait rentrer chez moi, mais Benjamin nous a convaincu de rester chez son père. Pour ma part, je n'ai pas du tout sommeil. Quand je suis sûre que tout le monde dort, je descends et m'assois près de la cheminée, où le feu crépite encore. Je m'installe sous un plaid et essaie de me réchauffer, sans succès.

Je ne sais pas combien de temps je reste là, mes pensées divaguant complètement après les évènements d'aujourd'hui.

— Tiens t'es debout ? murmure ma sœur.

— Je n'arrive pas à fermer l'œil.

— C'est tellement irréel…

Elle se glisse à côté de moi et on pleure comme deux madeleines. Ça nous fait du bien.

— Maintenant on n'est plus que toutes les deux, chuchoté-je.

Elle hoche la tête contre moi et au bout d'un long moment, on arrive à se calmer. Ou plutôt, nos larmes se tarrissent. Je me rends compte que quelqu'un est avec nous et quand je lève les yeux, j'aperçois Benjamin.

— Je vais vous laisser discuter, annonce Cam.

Elle dépose un baiser sur le haut de mon crâne, puis passe à côté de lui et lui murmure quelque chose à l'oreille avant de disparaître dans les escaliers. Je sens qu'il hésite à venir vers moi mais j'ouvre le plaid pour l'inviter à venir avec moi, et au bout de quelques secondes il vient lentement me rejoindre. Enveloppés dans le plaid et un silence confortable, j'écoute les battements de son cœur pendant qu'il me tient contre lui.

— On n'aura jamais notre chance, murmure-t-il après un long moment.

Surprise, je relève la tête vers lui Il fronce légèrement les sourcils, laissant apparaître sa ride du souci.

— Benjamin, soufflé-je. C'est simple : soit tu m'aides à traverser ce moment, soit tu me tournes le dos.

— Ce n'est pas que je te tourne le dos, mais…

— Oh s'il te plaît… Tout mais pas de la pitié. Je suis prête à nous laisser une chance, et la mort de mon père n'y change rien. Si tu n'es pas enclin à me soutenir, dis-le-moi tout de suite, on arrête là maintenant.

On reste un moment à se regarder. Je suis certaine de voir les rouages de son esprit s'activer, mais au fond de moi je connais sa réponse.

— Elo, tu sais que tu peux compter sur moi. Seulement, je ne suis pas certain que commencer une relation sur un deuil soit une bonne idée.

Je relâche mon souffle, jusque-là coincé dans ma gorge, et accuse le coup. Puis me lève, et replie le plaid correctement.

— C'est une décision que tu acceptes ? tente-t-il maladroitement.

— Tu n'es pas quelqu'un sur qui je peux compter. Mais je ne t'en veux pas, je te connais un peu. Tu verras à quel point tu t'es trompé. Je ne t'accorderais plus de chance, c'est fini.

En plus de faire le deuil de mon père, je dois faire le deuil d'une relation avec lui.

Sans lui laisser le temps de me répondre, je monte me coucher, le cœur brisé à plus d'un titre aujourd'hui. Sans toutefois trouver le sommeil.

La semaine suivante s'est passée dans un brouillard épais. Nous avons organisé l'enterrement de papa, puis la veillée avec Rosaline, dans le sud de la France, où mon père vivait depuis le divorce avec ma mère. Mon père l'avait quittée mais elle était toujours présente, et nous n'imaginions pas la laisser de côté pour cet évènement. Surtout quand ça faisait quinze ans qu'elle partageait sa vie.

Il a neigé le jour de l'enterrement, chose qui n'était pas arrivée depuis dix ans dans la région. La cérémonie était belle et sans prétention, à l'image de mon père.

Puis nous avons vidé sa maison. Enfin, une grosse partie. Nous avons trouvé beaucoup de souvenirs qu'il a gardé de notre enfance. Nous sommes tellement touchées. Il y avait deux boîtes, l'une au prénom de Cam, l'autre avec le mien.

Il ne parlait pas beaucoup mais il conservait chaque souvenir, chaque évènement important de nos vies. J'en suis bouleversée.

Après de longues discussions, nous avons décidé de vendre sa maison. C'est le cœur lourd que nous avons poussé la porte d'une agence immobilière. La secrétaire nous a demandé de patienter, le temps qu'un agent se libère. Au bout de cinq minutes, un grand brun passe la porte d'entrée, sans un regard pour nous. La secrétaire, une brune pimpante et un piercing dans le nez, nous montre du regard et il tourne enfin la tête vers nous, main tendue.

— Bonjour, je m'appelle Jonathan. Vous venez pour mettre une maison en vente, c'est exact ?

— Exactement. Je suis Éloïse et voici Camille. Nous souhaitons mettre la maison de notre père en vente. Il est décédé récemment.

— Je vous présente mes condoléances. Allons nous installer dans mon bureau.

Chapitre 18

Benjamin

Je suis le dernier des imbéciles.

Je suis commercial. D'habitude je manipule les mots avec soin. Je pourrais dire qu'elle me rend nerveux et que je perds mon latin en sa présence, mais la vérité est que j'ai peur. Je ne voulais pas rompre avec elle, je voulais être là pour elle. Mais je voulais aussi qu'on ralentisse, pour lui laisser le temps de faire son deuil.

Les mots qui sont sortis de ma bouche ont pris un tout autre sens, et je ne me suis pas rattrapé. Je l'ai juste regardé s'en aller. Et j'ai le cœur brisé.

Je suis resté debout pendant trois jours après ça, à ressasser cette scène. À m'en vouloir. À imaginer la retenir. Mais ni mon corps ni ma tête n'ont réagi.

Je l'ai laissée partir.

Je plonge de nouveau dans le travail, je n'ai pas posé de congés pour les fêtes de fin d'année. Et les femmes, enfin, les inconnues. Plus rien à cirer de quoi que ce soit. Et je dois avouer… aucune ne lui arrive à la cheville. En clair : je ne pense pas à leur plaisir, juste au mien.

Par exemple, celle qui se trouve au-dessus de moi en ce moment. Je ne vois pas son visage, mais elle pousse des cris stridents et c'est insupportable. Elle a encore son pull sur elle, j'ai encore mes chaussettes. C'est vraiment histoire de tirer mon coup. Rien de personnel. Une fois notre affaire terminée, elle essaie de se coller contre moi mais je lui indique la porte pour qu'elle parte le plus vite possible.

— Ce n'est pas le respect qui t'étouffe, toi, me dit-elle avec dédain.

— Ouais, bonne soirée.

Je n'argumente même pas. Pas la force, ni l'envie.

Je vais jeter le préservatif dans la poubelle et enfile un caleçon et un t-shirt avant d'ouvrir une bière, puis allume la télé. Je ne veux plus de silence. Je ne supporte plus ça.

J'attrape mon portable et ouvre mes messages. Je n'ai plus de nouvelles de Baptiste depuis une semaines. Je mettrais ma main à couper qu'il revoit la « femme de sa vie ». Mon père est chez Louis, ils préparent le Nouvel An qui se tient ce soir. Je les rejoins un peu plus tard, et je ne veux voir personne d'autre.

Sauf Camille, à la limite. Elle me tient au courant de ce qu'elles font dans le Sud, l'enterrement et toutes les épreuves qu'elles traversent, et j'ai le cœur en miette. J'aurais aimé être présent.

Mais j'ai perdu ce droit il y a une semaine.

Je suis cependant content car elle me dit qu'Éloïse tient le coup, et qu'elle fait de gros efforts pour mieux assumer son rôle de grande sœur. Camille la tient moins à bout de bras.

Je ravale la montée de colère qui me traverse les veines et me convainc que ça va s'arranger.

Sinon je ne donne pas cher de ma peau.

Éloïse

La maison a été mise en vente juste avant le Nouvel An.

Tout va vraiment vite, ça me donne le tournis.

Camille l'a pris avec pragmatisme.

Je ne reprends le travail que dans une semaine. Mon patron a été vraiment chic, il m'a permis de prendre une semaine de congé sans solde pour pouvoir m'occuper de ma famille. Et comme la période est calme, cela a facilité la demande.

La nouvelle année commence mal. On est à Annecy, Lucas est sur son trente et un mais il est le seul. Nous ne sommes pas en jogging non plus, mais Cam et moi portons un simple jean avec un pull noir. Pour ne pas trop perturber le petit, qui a mal vécu l'absence de ma sœur pendant cinq jours, on a préparé un bon repas et acheté quelques décorations pour marquer le coup.

Mais le cœur n'y est pas.

— Tatie chocolat, tu peux me faire un gâteau au chocolat comme pour mon anniversaire ?

Je le regarde avec des yeux ronds.

— Mais mon chaton, maman a acheté le gâteau du magasin, comme tu le voulais ?

— Oui mais finalement c'est le tien que je préfère.

— Bon. Ce qu'on va faire, c'est qu'on va goûter le gâteau que maman a acheté et si vraiment tu préfères le mien, on en fera un tous les deux.

Il me fait un sourire en coin trop craquant, me fait un bisou et retourne près de son père pour finir le jeu de cartes qu'ils ont commencé.

Je vais sur le balcon pour m'aérer l'esprit, et allume une cigarette. Je sais ce que fait Lucas et ça me brise le cœur… Il essaie de me remonter le moral. Une fois je lui ai dit que le chocolat pouvait m'aider à retrouver le sourire. Et il souhaite avoir le pouvoir d'effacer la tristesse…

Je m'accoude à la rambarde et observe le lac, que l'on voit au loin. Les lampadaires reflètent leur lumière blanche aux abords. On dirait une chappe de plomb, tellement il est immobile. Il y a de la musique partout dans le quartier, et j'ai envie de leur hurler de faire cesser ce boucan. Je voudrais que tout le monde soit aussi triste que moi, en ce moment. Ma colère redouble quand je me rends compte que le monde continue de tourner alors que je suis une boule de tristesse, de colère et de stress.

Une voiture passe, je la regarde distraitement et mon cœur a un raté : je suis sûre que c'est celle de Benjamin. Je serre les dents et lutte contre l'envie de pleurer jusqu'à la fin des temps…

Mon portable sonne pour indiquer un message, que j'ouvre. Quelle ne fut pas ma surprise de voir que c'est bien *lui*. « Coldplay - The scientist ».

Une chanson sur le pardon… Me demande-t-il de lui pardonner ? Alors qu'il m'a laissé tomber au moment où j'avais le plus besoin de lui ? On aurait pu être heureux. Mais les émotions négatives font fuir les gens au lieu de les faire rester. Je me demande vraiment si un homme qui assure existe.

Et puis je me souviens de Raph, et je me dis que oui, ils existent mais non, ils ne sont pas pour moi. C'est pas mal finalement d'être seule. Je peux faire mon deuil et m'occuper de ma famille.

Du coup c'était bien lui, la voiture en bas de l'immeuble de ma sœur…

Benjamin

En ce vendredi soir, il fait un froid de canard.

Nous sommes début février et j'ai passé la journée au ski en compagnie de Louis, sur le domaine skiable de Saint Gervais. On a fait une grosse session de hors-piste que nous connaissons par cœur vu que nous y skions depuis que nous savons marcher, et nous n'avons plus de jambes.

Et notre père ne veut rien savoir de notre état de santé. Ce soir nous devons aller au restaurant avec un ancien collègue à lui. Jean est très sympa mais il ne tient pas l'alcool. Au bout de trois verres il devient insupportable, et je remplace le vin par l'eau. Il n'y voit que du feu en plus.

À la fin du repas, je suis le seul qui tient debout, donc je ramène donc tout le monde au chalet. J'en ai pour dix minutes, je conduis avec prudence, et notre ami se met à hurler qu'il y a une biche dans les fourrés… Sur le coup de la surprise, je fais une embardée qui me fait taper la barrière de sécurité et je glisse sur la voie d'en face, où un monospace arrive en sens inverse.

Toute ma vie défile devant mes yeux avant l'impact : mon enfance, mon adolescence, le rire de ma mère, les fous rires avec mon frère, les conseils de mon père, tout y passe. Mais surtout, je vois les yeux d'Éloïse. Puis son rire, nos soirées sur le canapé allongés l'un sur l'autre, nos baisers, sa façon de me regarder, toutes nos conversations qui nous ont guéri, tous ces moments insignifiants pour le reste du monde mais qui me font réaliser que je suis éperdument amoureux d'elle. Et je n'ai pas envie de lâcher ma vie aussi facilement. Mais l'autre voiture nous heurte et je suis surpris de ne pas avoir mal.

Puis c'est le trou noir.

Éloïse

Après tous les évènements qui ont chamboulé ma vie ces derniers temps, j'ai décidé de me faire un tatouage, en janvier. Une pièce que j'ai fait faire sur tout l'avant-bras, et qui représente ma famille. Un hibou au milieu de roses, dont les tiges cachent les dates de naissance de ma mère, de mon père, de ma sœur et de Lucas. Il est magnifique. Je passe mon temps à le regarder, à l'admirer. L'artiste qui m'a tatoué m'a demandé de lui raconter mon histoire, et la douleur mentale s'est fondue avec la douleur physique. Ce fut une véritable thérapie, et je me sens un peu plus apaisée pour faire face aux prochains aléas de la vie.

Février arrive et amène son lot de touristes avides de ski. Il y a un monde épouvantable dans les rues de notre petit village. On ne peut pas faire trois pas sans être obligé de s'arrêter, tant ils veulent voir toutes les vitrines. Je sais bien qu'il faut penser à l'économie, mais ne serait-ce pas possible d'étaler un peu plus les vacances, histoire qu'on puisse quand même avoir accès aux commerces ou même à chez nous ? Je vis entre une banque et un restaurant, du coup il y a du monde tout le temps devant ma porte d'entrée. Jusque tard dans la nuit…

Et ils sont stressés en plus ! Ça braille dans tous les sens et dans toutes les langues. Et tout ça à cause du monde. C'est le serpent qui se mord la queue, en clair. Quel enfer.

Bref.

Je rentre d'une soirée avec Juliette et Aurélie. Juliette a eu son petit, un adorable garçon appelé Timothée, et c'est sa première sortie depuis la naissance. Elle n'est pas rassurée, culpabilise un peu de laisser le petit seul avec son papa, mais elle est contente d'être avec nous. Surtout pour déguster une raclette.

Je rentre aux alentours de minuit, et je songe que le réveil de demain va être compliqué, vu que je n'aurais pas mes huit heures de sommeil. Pour me tenir éveillée, je chante avec la radio. La chanson n'est pas récente mais ça me rappelle mon adolescence, donc je ris en même temps.

Au détour d'un virage, juste avant l'entrée du village, je saute sur les freins : il y a eu un accident. Une fois la surprise passée, je remarque que l'une des deux voitures impliquées est celle de Benjamin, donc je me détache et me remets les idées en place.

Je ne sais pas d'où ça me vient, mais je mets les warnings, puis j'enfile mon gilet jaune et donne l'alerte par téléphone. Ensuite je cours vers la voiture de Benjamin. Lui est dans les vapes tout comme le monsieur derrière lui, son frère se réveille difficilement et leur père est sous le choc.

Encore une fois, je ne sais pas d'où vient ce calme, mais la situation est évaluée au premier coup d'œil. Je crois que je peux remercier toutes les séries médicales que j'ai vues dans ma vie.

— Louis, tu m'entends ? C'est Éloïse.

— Oui je t'entends.

— Ne bouge pas. J'ai appelé les secours. Je vais voir l'autre voiture, j'arrive.

J'ai envie de toucher Benjamin pour m'assurer qu'il va bien, mais je sais que parfois on peut faire plus de mal que de bien, donc je m'abstiens et file voir l'autre véhicule. Un papa et son petit garçon sont indemnes, mais le petit pleure beaucoup. Je les invite à sortir et à s'installer dans ma voiture qui a le chauffage, le temps que les secours arrivent. Le papa essaie de calmer tant bien que mal son petit garçon, qui n'arrête pas de pleurer.

Puis je retourne voir mes amis.

Louis est définitivement réveillé, et il essaie de sortir mais la voiture est coincée contre la rambarde de sécurité. Il m'indique que Benjamin est vivant mais toujours inconscient, ce qui n'est pas bon signe. J'essaie d'éviter de paniquer mais ça concerne *Benjamin*. Louis s'occupe du monsieur qui les accompagne en passant entre les sièges et me demande d'essayer de réveiller son frère.

Garder son sang-froid. Ne pas oublier de respirer. Aider Louis. Et Benjamin, bien sûr, même si je n'ose toujours pas le toucher.

— Benjamin, il faut que tu reviennes à toi. Ouvre les yeux…

Je le secoue un peu, au niveau de sa main pour ne surtout pas faire plus de dégâts. Pas de réponse.

— Ben, s'il te plaît… Bon écoute si tu ouvres les yeux on redevient amis… Ouvre les yeux d'accord ?

Je sens ma gorge se serrer et ma vue se brouiller par les larmes, principalement à cause de son absence de réponse. Un peu stressée, je jette un coup d'œil à Louis qui calme la crise d'angoisse de son père, tout en apportant les premiers soins à l'homme inconnu qui se trouve derrière Benjamin.

Je garde quand même les doigts sur le poignet de mon ami, rassurée par le pouls régulier qui fait circuler son sang. S'il y a un pouls, il y a encore de l'espoir.

Quand j'entends les sirènes, mon soulagement est physique. Mes jambes ne me tiennent plus et les larmes coulent toutes seules. C'est un pompier qui m'aide à marcher à l'écart car je suis tétanisée par le froid et la panique.

Chapitre 19

Le choc n'a pas été violent, mais la rencontre avec l'airbag et la fenêtre ne me laissera pas un souvenir très agréable.

Je suis complètement dans les vapes, mais j'entends de l'agitation autour de moi.

Je crois même reconnaître la voix d'Éloïse…

Mais ça ne peut pas être elle, on s'est disputé, enfin plus exactement elle ne veut plus me voir. Elle a été très claire là-dessus.

La certitude est forte, cependant. Surtout quand je sens des doigts autour de mon poignet. Je ne sais pas d'où me vient cette conviction que c'est elle qui me tient le poignet. Je sens qu'elle tremble. De froid ou de peur. Peut-être les deux…

Je n'ai pas envie qu'elle se fasse du souci pour moi. C'était même à moi de prendre soin d'elle. Jusqu'à ce que je fasse n'importe quoi.

Je perds connaissance et quand je reviens à moi, j'entends les sirènes des secours par-dessus la voix de mon amie. Je peux l'appeler mon amie car c'est elle qui me l'a proposé, même si je ne peux pas lui répondre car je suis trop faible.

Je sens qu'on me met une veste sur la tête, et le contact avec Éloïse disparaît. Elle me manque déjà. Puis un bruit épouvantable remplace tout le reste. Ensuite on me met une minerve autour du cou, et je suis glissé en-dehors de mon véhicule. Je sens des piqûres sur mon bras, avant de sombrer dans un profond sommeil artificiel sans rêve.

Benjamin et leur ami, Jean, ont été pris en charge et transportés à l'hôpital.

Louis et leur père sont interrogés par les gendarmes pour une déposition préliminaire. Louis a fortement insisté pour que je les emmène à l'hôpital. Pas d'ambulance, pas de gyrophares, pas de sirène. Le papa est assez traumatisé comme ça.

Une fois qu'ils ont été examinés, je le suis afin de partir à la pêche aux informations pour Benjamin. On leur a ainsi dit qu'une prise de sang a été demandée afin de savoir s'il n'était pas sous l'emprise d'alcool ou de drogue.

Il apparaîtra que c'est la faute à pas de chance : du brouillard givrant, la surprise du cri de leur ami, et c'est l'accident.

Une fois rassurée sur le fait que tout le monde est à l'abri, et surtout sain et sauf, je sors fumer une cigarette. Il est 3 heures du matin, je suis gelée et Louis me rejoint dehors.

— Tu as été géniale Elo. Merci beaucoup pour tout ce que tu as fais.

Je lui souris tristement malgré la fatigue.

— Tu as des nouvelles de ton frère ? demandé-je avec anxiété.

— Il va bien. D'ailleurs… Il t'a réclamée.

Surprise, je le regarde presque sans comprendre. J'ai presque envie de sourire.

— Je sais que je me mêle de ce qui ne me regarde pas, mais… Il a vraiment fait de gros efforts pour être digne de toi. Et je ne sais pas ce qu'il s'est passé entre vous, mais je ne l'ai jamais vu aussi malheureux, enfin depuis la mort de maman. Tu lui avais fait reprendre goût à la vie…

Je sens mes yeux piquer furieusement. Je n'arrive pas à tenir son regard.

— Je viendrais le voir quand ce sera possible.

— Alors je te tiendrais au courant.

J'ai besoin d'aller voir ma mère. Après ma journée de travail, je vais acheter un bouquet de fleurs blanches chez le fleuriste et me rends à pied au cimetière de Saint Gervais, où ma mère repose. Ma démarche est lente, chaque pas mesuré. Je réfléchis longuement à tout ce qu'il s'est passé. Je dépose le bouquet sur le marbre gris et m'accroupis.

— J'ai besoin d'un signe maman… S'il te plaît… Dis-moi si je dois lui accorder encore une chance…

Alors que ma tête est dans mes mains, une brise légère me caresse les cheveux. Je relève la tête et aperçois un hibou dans l'arbre qui surplombe le cimetière. Il me fixe de ses grands yeux jaunes avant de prendre son envol vers la forêt communale du village.

Un hibou… Comme celui qui orne mon bras.

Les joues baignées de larmes, je me relève et souris, avant de déposer un baiser sur ma main et de la poser sur la pierre froide.

Deux jours après, Benjamin a été transféré des soins intensifs en chambre classique.

Avec beaucoup d'appréhension, je me rends au numéro de chambre indiqué par son frère. Il m'a également dit que son père me laissait le créneau de dix-sept heures à dix-huit heures.

Toute ma journée de travail a été ponctuée de maladresses de ma part. J'ai oublié mon repas à la maison, confondu deux commandes de clients, oublié d'envoyer un mail urgent au service comptable, tout ça parce-que je suis obnubilée par ma visite.

Qu'est-ce que je vais pouvoir lui dire?

Là je suis devant la porte de sa chambre. Je me tords les doigts et les méninges à force de réfléchir à ce que je vais bien pouvoir lui dire. Je n'entends aucun bruit provenant de la chambre, en plus. Et puis au bout de cinq interminables minutes, je prends mon courage à deux mains.

Et frappe une fois.

Deux fois.

Trois fois.

Benjamin

J'entends trois coups frappés légèrement à la porte. Encore un peu groggy à cause des anti-douleurs, je sais que c'est elle. Mon père m'a dit qu'il devait voir son médecin mais je sais que c'est faux, c'est lui le premier patient de la journée. J'essaie de lui dire d'entrer mais je ne réussis qu'à grogner, la gorge encore enflammée à cause de l'intubation. J'ai eu un gros traumatisme crânien et l'équipe médicale qui s'est occupée de moi a préféré me plonger dans un coma artificiel pendant deux jours, le temps que les conséquences du choc se dissipent, mais j'ai dû être intubé, je ne sais pas trop pourquoi… Bref, je laisse leur travail à ceux qui savent, ce que je constate c'est que je suis en vie et je les remercie pour ça.

Du coup elle passe la tête par la porte et je lui fais signe d'entrer. Elle me sourit en s'approchant. Elle est toujours aussi belle, avec ses bottes fourrées, son gros manteau d'hiver, son bonnet blanc et le nez rougi à cause du froid.

Mon cœur s'emballe un peu dans ma poitrine.

— Salut toi, murmure-t-elle. Comment tu te sens ?

— J'ai l'impression d'avoir été percuté par un poids lourd.

— Les airbags sont là pour nous sauver la vie mais c'est super violent.

— Je confirme…

Elle regarde autour d'elle, et avance la chaise dans laquelle mon père s'assoit toujours, après avoir ôté sa veste.

— Je suis presque sûr de t'avoir entendu me proposer de redevenir amis, dis-je, un sourire insolent aux lèvres.

Elle lève les yeux au ciel.

— Oui bon, j'avais peur pour vous…

— Si tu le pensais vraiment, je voulais te dire que je ne le veux pas.

— Oh ! s'exclame-t-elle, devenant livide. Bon…

Elle commence à se lever mais je la retiens par la main. Elle me regarde, puis regarde nos mains jointes.

— Je veux plus. Je te veux toi. Je veux qu'on essaie et je suis sûr qu'on sera heureux.

Elle rougit et reste interdite une seconde.

— Ce sont les médicaments qui parlent ? tente-t-elle.

— Pas du tout. Je suis complètement lucide. Assieds-toi.

Elle s'assoit sur le lit avec moi et je prends une grande inspiration.

— Depuis que je t'ai vue dans la supérette, puis sur la piste de danse lors de la soirée de la boîte, je ne pense plus qu'à toi.

— Benjamin…

— J'adore quand tu dis mon prénom. Mais je déteste les mots que je t'ai dis le soir de Noël. Ce n'est pas ce que j'ai voulu dire.

— Attends… essaie-t-elle.

— Non écoute-moi s'il te plaît. Les médicaments me donnent du courage. Ce que j'ai voulu dire ce soir-là, ce n'est pas que je ne voulais pas être là pour toi, mais je sais qu'un deuil peut faire vriller. C'est un moment extrêmement difficile. Je voulais simplement te faire savoir que si tu ne voulais pas te lancer dans une relation avec moi à cause de ce qui s'était passé, je le comprenais. Tu comprends ce que je veux dire ?

— Je crois…

Bon, les médicaments me donnent du courage mais c'est encore un peu brouillon quand j'essaie de parler.

— Je n'ai pas l'habitude, avoué-je dans un souffle.

— De quoi ?

— De parler de mes émotions. De ce que je ressens. Mais tu changes ça. J'ai envie de te parler de la pluie et du beau temps, des oiseaux qui chantent et des couchers de soleil… Tous ces trucs de couple.

Elle part dans un grand rire.

La plus belle mélodie à mes oreilles.

— Et ton sourire… Regarde l'effet que tu me fais.

Je pose sa main sur mon cœur, qui bat la chamade.

— Ça, Éloïse, je veux le vivre encore. Tu es la seule qui me fait cet effet-là. Alors je te le demande pour de vrai : est-ce que tu m'accorderais une chance ? Une dernière.

Elle plonge ses yeux dans les miens, et la larme qui s'est échappée des siens me fait peur. J'ai peur qu'elle dise non. Au moins, j'aurais tout tenté.

— Si j'accepte, il y a une chose que j'exige de toi.

— Tout ce que tu voudras.

— Tes draps, tu les brûles et on ira en acheter des nouveaux.

— Tout ce que tu veux. Maintenant, embrasse-moi.

Elle rit doucement et se penche pour me donner le plus parfait des baisers.

On va devoir s'apprivoiser à nouveau, mais je sais que tout va bien se passer.

Je ne vais pas gâcher ma dernière chance.

J'ai d'abord été subjugué par sa beauté. Mais je crois qu'en réalité, j'ai reconnu en elle ce que je traversais aussi. On était deux âmes blessées par la vie, et on s'est aidé mutuellement à guérir du deuil provoqué par la mort de nos proches, de ceux qui nous ont élevé.

C'est à ça que peut servir l'amour, aussi. À aider à surmonter les peines, à grandir, à s'entraider.

À être résilient.

Épilogue

10 ans plus tard

— Lucas ! crie mon père en haut des escaliers qui mènent au garage. Tu as cinq minutes pour monter, prêt et habillé !

Je marmonne vaguement que j'ai compris, et retourne à ma voiture. Enfin, quand je dis ma voiture… La voiture que je retape, plus précisément. Une voiture française des années quatre-vingt-dix, que j'ai trouvé d'occasion et payée en faisant des petits boulots à gauche et à droite durant l'été et les vacances scolaires.

J'ai quinze ans et je suis un vrai passionné de mécanique. Mon obsession des camions quand j'étais petit s'est élargie à tous les véhicules quand j'ai grandi. Je serre le dernier boulon du tout nouveau radiateur dégoté sur internet et file sous la douche, que mon père a installée dans le garage quand j'y aie remorqué la voiture. Ma mère devenait folle que je salisse tout à chaque fois que je remontais de mon atelier.

Une fois propre, je décroche la housse noire pendue à côté de la cabine, et enfile rapidement le costume que m'a offert mon paternel. Un costume bleu qui selon la vendeuse « s'accorde à merveille avec mes cheveux blonds ». Je n'y connais tellement rien en mode… Je l'ai cru sur parole.

Je remonte dans la maison, et le soleil inonde le salon. Tatie va être contente, Émilie, ma nièce de cinq ans, joue avec ses poupées, habillée avec une jolie robe blanche, pendant que mon père fini de se préparer dans la salle de bain, à côté, la couvant des yeux. Tous les deux sont joyeux, et je suis de leur avis.

Aujourd'hui va être une belle journée.

Je vous fais un petit résumé en accéléré : ma tante et Benjamin ont une aussi belle relation que mes parents, je vous rassure sur ce point.

Mon père a quitté l'armée deux ans après l'accident de Ben. Il travaille désormais comme agent de sécurité. Maman est ravie par cette nouvelle vie, nous sommes enfin tous les trois toute l'année, et elle travaille toujours à Annecy. Elle vient tout juste d'avoir une promotion d'ailleurs. Elle est passée chef de son service, vu que Geneviève a pris sa retraite. Nous avons pu acheter une maison à Saint Gervais, pas très loin de chez tatie.

Tatie, quant à elle, ne travaille plus comme secrétaire. À force de voyager avec Ben, elle s'est découvert une passion pour l'organisation de voyage. Elle a donc commencé cette activité il y a cinq ans, quand elle est tombée enceinte d'Émilie, après un énième voyage en Europe. Et ça fonctionne plutôt bien, au point qu'elle a accepté de prendre une stagiaire, Jade.

Jade est géniale. Un peu excentrique, toujours habillée de façon farfelue, et elle est trilingue. Elle parle anglais et espagnol. Une vraie tornade. Elle déborde d'énergie. Son physique, quoique très agréable, n'est pas ce qui m'attire chez elle. C'est son aura. Comme un papillon vers la lumière. Je l'aperçois tous les midis, vu que je mange chez ma tante, et je crois que je suis en train d'en pincer pour elle. Elle a accepté de me donner son nom sur les réseaux sociaux et on discute tous les soirs, après que j'ai avancé sur ma voiture.

Vous vous demandez sûrement ce qu'il se passe aujourd'hui, pourquoi j'ai dû enfiler un costume ? Je vous le donne en mille : après deux refus, ma tante a accepté la demande en mariage de Ben.

Oui, vous avez bien lu : elle a refusé deux fois. Quand on en a parlé, elle m'a juste dit que ce n'était pas le moment. Elle n'a jamais remis en question son amour pour lui, mais au bout d'un an, c'était trop tôt pour elle, et suite à une dispute, elle voulait juste le faire languir.

La troisième, pour eux, a toujours été la bonne.

Après un dernier coup d'œil dans le miroir, on installe Émilie, appelée ainsi en hommage à ma grand-mère maternelle disparue trop tôt, dans son siège auto, et on s'installe devant avec papa.

Le trajet jusqu'à la mairie de Saint Gervais se passe rapidement, et on prend place devant le bâtiment. Ma tante a voulu un petit mariage, mais Ben est un enfant de la vallée. Les rues devant la mairie sont pleines de ses amis. Je reste sur le perron de la mairie avec Émilie, qui semble un peu effrayée par la foule. C'est une petite fille calme, un peu timide, et elle reste à mes côtés. Elle est trop mignonne dans sa robe blanche et ses cheveux bruns coiffés avec deux petites couettes.

Dans ma poche, mon portable vibre. C'est maman qui me dit qu'elles quittent la maison de tatie et qu'elles seront là dans deux minutes. J'ai hâte.

Tatie a voulu que sa dernière nuit de femme célibataire se passe avec maman. Elles sont allées au spa et ont réservé une table dans le restaurant du mari de son ancienne collègue de travail. Un cinq étoiles, je crois.

Et Ben a passé la soirée avec son frère, Louis et son père, Philippe, dans un grand restaurant de Chamonix. Il vient d'arriver d'ailleurs, et je le trouve très fringuant dans son costume vert foncé et ses baskets blanches. Un vrai sourire ne quitte pas son visage. Il va avoir mal aux joues, mais je crois qu'aujourd'hui, il a le droit.

Une vague d'acclamation se fait entendre dès que la voiture de tatie, une ancienne voiture américaine, arrive au bout de la rue. Papa s'avance pour lui ouvrir la portière quand elle s'arrête devant nous. J'ai un petit pincement au cœur quand je pense que papi ne verra pas le mariage de sa fille aînée… Mais papa est un homme sur lequel on peut compter. Quand tatie sort, on est tous éblouis : elle est sublime dans sa belle robe blanche toute simple. Pour vous la décrire, c'est un bustier, évasée à partir de la taille et une petite ceinture de strass se trouve sous sa poitrine. Ses tatouages sont bien mis en valeur (elle en a ajouté un depuis la naissance de la petite, une marguerite sur sa clavicule gauche).

Quand Ben la voit, il me semble ressentir son émotion, même s'il porte des lunettes de soleil. On est tous ému.

C'est beau de voir à quel point ils s'aiment comme au premier jour, après dix ans de relation et une petite fille.

Tous les invités se dirigent vers la salle réservée, très joliment décorée en blanc et vert et la cérémonie se déroule parfaitement bien. Je repère Jade très facilement vu qu'elle est en robe violette avec des escarpins jaunes… C'est original, mais elle l'est, donc ce n'est pas surprenant.

Maman pleure comme une madeleine, papa a les yeux rouges et moi, je suis au milieu de tout ça, un peu perdu. Je ne dis pas, leur histoire est digne d'un roman, mais le mariage…

Bref, ce n'est pas à moi de juger. Tant que ma tante est heureuse. Et j'adore Ben, il me donne un coup de main sur ma voiture, quand il est disponible.

Un peu plus tard, on est tous dans la salle des fêtes de Saint Gervais, et je déambule parmi les invités. Je marche, parce-que je suis hyperactif. Non, à vrai dire, je marche parce-que je cherche Jade. Hier soir, elle m'a dit qu'elle détestait les mariages et qu'elle venait uniquement par amitié pour Éloïse.

J'adore sa franchise.

Je la trouve à l'extérieur du bâtiment, assise sur une pierre, en train de griffonner dans son éternel carnet en cuir.

— Salut, dis-je avec douceur.

Elle relève la tête et ferme vivement son carnet.

— Bon j'avoue… C'était une cérémonie sympa. Et ils sont super beaux, tous les deux.

Je m'approche encore un peu en riant.

— Je te l'avais dit. Tu dessines quoi ?

Elle se ronge l'ongle du pouce, peint en bleu, hésite, et me présente son carnet à la page qu'elle griffonnait.

J'hallucine… Elle a dessiné Éloïse et Ben, devant la mairie, de profil. Les mains jointes, ils se font face. Et tout autour d'eux, notre famille. Le dessin est magnifique.

— C'est mon cadeau. Je déteste tellement les mariages que j'ai oublié de leur prendre un cadeau. J'ai demandé à ma mère de me monter un cadre et je vais leur donner.

— Ma tante va adorer, c'est certain, dis-je en lui rendant.

J'allais lui rendre son carnet quand le vent a soulevé une page. Et ce que j'y ai vu m'a intrigué. Je tourne la page et y vois un portrait de moi.

Mon cœur a un raté.

Mais avant que j'aie le temps de faire quoi que ce soit, elle s'aperçoit de ce qu'il se passe et m'arrache le carnet des mains. Elle n'est pas souvent mal à l'aise, elle a les joues roses.

— Tu dessines bien, tenté-je pour la remettre en confiance.

— Merci, mais le dessin ne paie pas les factures. Je ne voulais pas faire une école de commerce, je fais donc des études de tourisme. Et le stage avec ta tante est une opportunité en or pour avoir une corde de plus à mon arc.

Je ne sais pas ce qui me pousse à répondre :

— La mécanique paie bien, quand on travaille bien.

Elle me regarde, un sourire aux lèvres.

— Chéri, t'es un beau mec et on s'entend bien, mais on a quinze ans, ne fais pas de promesse qui peuvent changer avec le temps…

Je m'accroupis devant elle et saisis son visage avant de l'embrasser.

Au début surprise, elle finit par accepter mon baiser et même me le rendre.

— Je suis sincère avec toi, murmuré-je en collant mon front contre le sien. J'aime ta franchise, ta fantaisie et on s'entend bien. Ça te dit qu'on sorte ensemble pour voir où ça nous mène ?

Elle rit devant ma déclaration, mais je sais qu'elle ne se moque pas. Elle est juste nerveuse. Elle prend son temps pour réfléchir, et finalement hoche la tête. Et mon cœur explose de joie.

Elle voulait finir son dessin avant l'arrivée de sa mère, et m'a demandé de la laisser seule car je la distrais un peu trop. Un sourire aux lèvres, je remonte dans la salle et retrouve ma mère qui mange avec ma tante, qui discute avec Philippe sans nous prêter attention.

— Ce que tu es beau, mon fils.

— Merci, mais c'est toi qui es belle, maman.

Elle me regarde avec des yeux ronds, avant de renifler bruyamment.

— J'ai dis quelque chose de mal ? m'alarmé-je en posant ma main sur son épaule.

— Non, pas du tout mon chéri… Mais je me rends compte que tu deviens un homme bien. Et je suis émue.

— Oh allez, c'est un jour joyeux, ne pleure pas pour si peu… marmonné-je.

Elle me prend dans ses bras, et se ressaisit au bout de quelques secondes.

— Ton discours est prêt ? veut-elle savoir ensuite.

J'opine du chef et mets la main dans ma poche, où mon papier se trouve.

— Ta tante a hâte de t'écouter.

Je sens tout à coup le stress monter en flèche. Je n'ai pas hâte du tout de parler devant tous ces gens. Mais ma tante adorée le vaut bien. Et Ben est sympa aussi.

Après le repas, alors que tout le monde est assis, mon père me fait signe que c'est à moi d'entrer en piste. Mon cœur s'emballe dans ma poitrine, et Jade, qui est assise à mes côtés, m'encourage discrètement. Un peu tremblant, les quelques pas qui me séparent du micro me semble un marathon… Et après une profonde inspiration, je me lance…

Chère tatie chocolat,

Du plus loin que je me souvienne, tu as toujours été présente dans ma vie. Mes plus vieux souvenirs sont liés à toi, et ça, c'est une chance dont j'ai conscience. Merci infiniment pour ça.

Mes parents sont un couple parfait. Ils se sont rencontrés au lycée, se sont fréquentés pendant quelques années avant de se marier, et j'ai été conçu pendant leur lune de miel.

Toi, ma chère tatie, tu as toujours été une rebelle. Tu n'as jamais fait les choses comme tout le monde.

Pour preuve, par exemple, tu n'as pas de film préféré. En revanche, tu as une série préférée, et je vais t'en citer un passage que j'ai trouvé particulièrement adapté pour la situation : « À ce moment précis, il y a 6 470 818 671 personnes dans le monde. Certains prennent peur, certains rentrent chez eux, certains racontent des mensonges pour s'en sortir, d'autres font simplement face à la réalité. Certains sont des êtres maléfiques en guerre avec le bien et certains sont bons et luttent contre le mal. Six milliards de personnes, six millions d'âmes et parfois, il ne vous en faut qu'une seule... »

J'étais trop jeune pour me rendre compte, mais maman savait. Elle savait que vous étiez fait l'un pour l'autre.

Puissiez-vous continuer à nous montrer à tous combien l'amour peut nous permettre de nous en sortir de tout, même d'un deuil très fort.

Je vous souhaite, de tout mon cœur, de continuer à vous aimer aussi fort qu'au premier jour.

Même s'il vous aura fallu trois chances pour vous rendre compte de ce que vous aviez !

Remerciements

Tout d'abord, merci à vous d'avoir eu envie de lire mon premier manuscrit !

À Olivier, mon parrain, qui m'a encouragé à réaliser mon rêve, et plus globalement à ma famille proche, pour être toujours présente malgré tous les kilomètres qui nous séparent.

À mes amies Élodie, Émilie et Pauline, pour m'accepter comme je suis depuis toutes ces années. Et à mes collègues, toutes aussi gentilles qu'encourageantes dans ce projet.

Et à Félix. Si toi, moi.